rororo

Aurélie Valognes, in Frankreich geboren, lebt mit ihrem Mann und ihren Kindern in Mailand. Ihre Romane sind weltweit erfolgreich, stehen regelmäßig wochenlang auf den französischen Bestsellerlisten und haben bereits Millionen Leser erreicht. Das verdanken sie vor allem den liebenswerten Figuren und Geschichten, die wie aus dem Leben der Nachbarn gegriffen erscheinen. Nicht umsonst schreibt Aurélie Valognes am liebsten im Café um die Ecke und lässt sich durch Erlebnisse von Freunden und Familie inspirieren.

Aurélie Valognes

Die Schwiegertöchter des Monsieur Le Guennec

Roman

Aus dem Französischen
von Anja Malich

Rowohlt Taschenbuch Verlag

Die Originalausgabe erschien 2016 unter dem Titel
«Nos adorables belles-filles»
bei Éditions Michel Lafon, Paris.

Deutsche Erstausgabe
Veröffentlicht im Rowohlt Taschenbuch Verlag,
Hamburg, August 2019

Umschlaggestaltung FAVORITBUERO, München
Umschlagabbildung Marco Lamberto / EyeEm / Getty Images;
Odili / shutterstock; FAVORITBUERO, München
Satz aus der ITC Legacy serif bei
Pinkuin Satz und Datentechnik, Berlin
Druck und Bindung CPI books GmbH, Leck, Germany
ISBN 978 3 499 27602 6

Für Jules und Gaspard
und für meine zukünftigen
Schwiegertöchter …

Angeblich trennt sich eines von drei Paaren
wegen der Schwiegereltern.
Aber wie viele Schwiegereltern zerstreiten sich
wegen der Schwiegertöchter?

Friedliche Weihnachten

Jacques war schon immer jemand gewesen, der gern mal übers Ziel hinausschoss. Als sie sich am Heiligen Abend im Badezimmer fertig machten, hielt Martine es deshalb für angebracht, ihren Mann daran zu erinnern, dass dies kein Weihnachten wie jedes andere sei und die Familienharmonie von seinem mustergültigen Verhalten abhänge.

«Heute Abend hältst du dich bitte zurück. Das heißt kein Streit mit den Kindern und keine unangemessenen Bemerkungen zu den Schwiegertöchtern. Verschreck die Neue nicht», bläute Martine ihm ein, während sie mit halb geöffnetem Mund eine weitere Schicht Mascara auf ihre Wimpern auftrug.

Anschließend betrachtete sie prüfend den Sitz ihres Kleids im Spiegel. Sie und ihr Mann gaben ein adrettes Paar ab, dem man nach wie vor ansah, wie schön es einst gewesen war. Auf ihr Alter wiesen lediglich Jacques' grau meliertes Haar und einige Falten in ihren Gesichtern hin. Es waren wohl Spuren von Müdigkeit und kleinen häuslichen Sorgen, aber sie zeugten auch von einer Familie, in der viel gelacht wurde.

«Wenn sie doch nur endlich die Richtige für Nicolas wäre», fuhr Martine fort. «Wie heißt sie noch gleich? Jeanne? Es ist so anstrengend, sich jedes Mal einen neuen Namen merken zu müssen! Ich habe dauernd Angst, mich zu vertun. Und außerdem wäre ich froh, nicht mehr jedes Jahr einen neuen Serviettenring gravieren lassen zu müssen. Hörst zu mir überhaupt zu, Jacques?»

«Bist du dir sicher mit der Farbe?», fragte dieser daraufhin und verzog angesichts des leuchtend gelben Kleids seiner Frau das Gesicht.

«In Modefragen hältst du dich auch lieber zurück!», beschied Martine ihn mit abschätzigem Blick.

Jacques beschäftigte sich unterdessen damit, seinen Bauch in das neue, schmal geschnittene Hemd zu zwängen. Am Heiligen Abend war er immer besonders leicht reizbar, denn wenn ihm eins wichtig war, dann waren es Traditionen. Und in der Familie Le Guennec war es Tradition, dass es zu Weihnachten Rehbraten gab. Diesen bei niedriger Temperatur im Ofen zuzubereiten, stellte seit jeher Jacques' Aufgabe dar. Das Fleisch durfte jedoch auf keinen Fall zu lange gegart werden, sonst würde es ihm – und damit allen Anwesenden – den gesamten Abend verderben. Angefangen hatte der Stress bereits beim Metzger, als er sich zwischen zwei Fleischstücken hatte entscheiden müssen. Eins war ein bisschen zu klein gewesen, das andere ein wenig zu groß. Den richtigen Wein für die Soße auszuwählen, war auch nicht viel einfacher. Und nun ließ Jacques seit geraumer Zeit die Uhr nicht mehr aus den Augen und erkundigte sich immer wieder bei Martine: «Und du glaubst nicht, dass der Braten zu trocken wird, wenn ich ihn vier Stunden im Ofen lasse?»

Seine Frau, die in vierzig Jahren an der Seite ihres Mannes gelernt hatte, geduldig zu bleiben, antwortete gelassen, während Jacques gerade gegen einen nicht zu bändigenden Wirbel kämpfte: «Du solltest dich vielleicht in der Küche weiterkämmen, wo du den Ofen im Blick hast. Dann wärst du ruhiger und ich auch. Erinnerst du dich nicht an letztes Jahr? Der Braten war genau richtig. Vier Stunden sind bei dem Gewicht sehr gut. Und außerdem hast du ein Bratenthermometer. Kannst du mir mal den Reißverschluss hinten am Kleid zumachen?», bat sie dann und begann, leise den Refrain eines Lieds zu singen, das sie gern mochte. *Only youuuuu!*

Doch Jacques hastete, ohne ihr zu helfen, aus dem Raum und lief eilig die Treppe hinunter, um im Ofen nach dem Braten zu sehen. Als er wieder heraufkam, wirkte er noch angespannter als zuvor, was seine Frau jedoch geflissentlich überging. Sie war wild entschlossen, heute einen schönen Abend zu verbringen – und das ab sofort.

Sie zupfte sich ihren Pony zurecht. Seit Jahrzehnten trug sie die gleiche Frisur – einen braunen, halblangen Bob, der ihr etwas Schelmisches verlieh. Verstärkt wurde dieser Eindruck noch durch ihre Stupsnase und die runden Augen. Je älter sie wurde, desto mehr ähnelte sie der amerikanischen Schauspielerin Sally Field, die in *Mrs. Doubtfire* die Rolle der Mutter spielte.

Mit sicherem Pinselstrich trug sie ein wenig Rouge auf und zog ihre Lippen nach, die sie zu schmal fand. Als sie halb fertig war, drehte sie sich zu ihrem Mann um.

«Ich mache mir trotzdem Sorgen. Unser Nicolas ist wirklich nicht einfach. Er hatte immer schon einen Dickschädel. Keine Ahnung, von wem.» Sie warf Jacques einen bedeutungsvollen Seitenblick zu. «Vielleicht hätte er doch noch warten sollen, ehe er sie uns vorstellt? Sohn und Vater gleichzeitig ertragen zu müssen, könnte Jeanne vielleicht ein wenig überfordern. Hörst du mir überhaupt zu? Lass es endlich bleiben, dich wegen des Bratens verrückt zu machen. Wenn du nicht alle zehn Minuten die Ofentür aufreißt, wird er garantiert so zart, wie du ihn magst. Mach mir jetzt lieber das Kleid zu!»

«Es gefällt mir, wenn du mich so herumkommandierst», scherzte Jacques und zog den Reißverschluss am Rücken seiner Frau hoch. «Du bist sehr schön heute Abend!», sagte er dann und begann, sich mit ihr in einem improvisierten Walzer zu drehen.

«Findest du? Ich habe gerade das Gefühl, an mir hängt alles, und man sieht nur meinen Bauch», erwiderte Martine und blieb stehen, um sich erneut im Spiegel zu betrachten.

Jacques hielt sie an der Hand und musterte sie von

Kopf bis Fuß. Sie war klein und zierlich und hatte sich eine Figur bewahrt, um die viele Frauen jenseits der 60 sie beneideten. «Unsinn. Du siehst toll aus, *Chérie*, sei nicht so kritisch mit dir selbst! Und außerdem riechst du phantastisch.» Jacques drückte die Nase in ihren Nacken. «Trägst du eigentlich eine Strumpfhose, oder sind das Strümpfe?», erkundigte er sich anschließend und strich ihr mit der Hand über den Oberschenkel.

«Jetzt nicht! Ich würde ja gern, aber dann werden wir nicht rechtzeitig fertig», erinnerte sie ihn. «Sie kommen in weniger als einer Stunde, und wir haben nach wie vor einiges zu erledigen. Zum Beispiel müssen die Geschenke für die Enkel vorher noch versteckt werden. Ich kann es kaum erwarten, die beiden Schlawiner zu sehen. Wahrscheinlich sind sie schon wieder größer geworden.»

«Ich würde es entschieden bevorzugen, dir das Kleid wieder auszuziehen ...», ließ Jacques nicht locker und begann leidenschaftlich, Martines Hals zu küssen, bis sie gluckste wie ein junges Mädchen.

«Und ich würde es bevorzugen, dass du dich deinen Söhnen gegenüber mustergültig benimmst, dich freundlich mit deinen Schwiegertöchtern unterhältst und nicht die ganze Zeit am Handy verbringst. Okay?», erwiderte sie so rigoros, wie es ihr irgend möglich war. «Und wenn das gut klappt, können wir heute Abend nach dem Essen –»

«Gönnen wir uns doch schon mal einen kleinen

Aperitif», schlug Jacques vor und setzte sein charmantestes Lächeln auf.

Die beiden zogen sich ins Schlafzimmer zurück, von wo kurz darauf Lachen und ein «Pass auf, meine Haare» zu hören waren. Schuhe fielen zu Boden. Die Zeit war vergessen, bis es plötzlich an der Tür klingelte.

«Jetzt schon? Sie sind viel zu früh!», rief Martine und blickte auf den Radiowecker, der 20:10 Uhr zeigte. *«Merde ...!»*

«Pass bloß mit den Schimpfwörtern auf», sagte Jacques. «Die Kleinen spielen sicher wieder Polizei, und dann kostet uns der Abend noch mal 30 Euro! Rein oder raus, das Hemd?»

«Raus, sonst siehst du aus wie eine Wurst in der Pelle. Hast du meinen linken Schuh gesehen? Wo ist er nur?»

«Eine Wurst in der Pelle? Sehr freundlich!»

Martine und Jacques eilten die Treppe hinunter. Nachdem sie kurz vor dem Spiegel an der Garderobe Frisur und Kleidung gerichtet hatten, holten sie mit roten Wangen tief Luft und sahen sich verschwörerisch an. «Also, ich wiederhole», flüsterte Martine. «Keine unangemessenen Bemerkungen zu deinen Schwiegertöchtern, kein Handy, und du achtest auf dein Cholesterin. Nachschlag ist für dich tabu, verstanden?»

«Verstanden, Chefin», antwortete Jacques und küsste seine Frau auf den Mund. «Ich bin bereit! Das Fest möge beginnen!»

Der Apfel fällt nicht weit vom Stamm

Hinter der Tür zeichnete sich nur eine einzige Silhouette ab, noch dazu eine sehr kleine und zarte. Antoinette.

«Mama? Was machst du denn schon hier?», fragte Jacques. «Hatten wir nicht neun Uhr gesagt? Und wie bist du überhaupt durchs Tor gekommen? Warte, gib mir deinen Mantel.»

Die alte Dame war unter ihrem großen Hut, den sie nur zu besonderen Anlässen trug, kaum zu sehen, und in ihrem Wintermantel verschwand sie fast. Vor ihren Füßen standen zwei riesige Taschen mit sorgfältig eingepackten Geschenken.

«Das Tor stand offen, und jetzt nimm mir lieber erst mal die Sachen für die Kleinen ab. Spielzeug wird auch immer schwerer.» Dann wandte sich die neunzigjährige Antoinette an ihre Schwiegertochter und umarmte sie. «Aber du strahlst ja, Martine! Gelb steht dir ausgezeichnet.»

«Das ist sehr lieb von dir, Antoinette. Wie geht es dir?», erkundigte sich Martine und nahm den Mantel ihrer Schwiegermutter entgegen.

«Sprechen wir lieber nicht darüber. Ist das Kleid neu?»

«Ja, es ist tatsächlich neu. Wie nett, dass es dir auffällt», antwortete Martine und warf ihrem Mann einen strafenden Blick zu.

Antoinette ging weiter in das große Haus hinein, das ihr Sohn Jacques seit mehr als 35 Jahren mit seiner Frau Martine bewohnte. Die drei Söhne hatten hier eine glückliche Kindheit verbracht, ehe sie vor einigen Jahren das elterliche Nest verließen. Sie selbst hatte mit ihrem Mann, der leider bereits seit mehr als zehn Jahren tot war, schon immer hier in Dinan, unweit der bretonischen Nordküste, gelebt und war hocherfreut gewesen, als ihr Sohn damals beschloss, sich mit seiner Frau ganz in der Nähe niederzulassen.

Das Zuhause der Familie Le Guennec war ein großzügiges und sehr schönes, fast schon großbürgerliches Gebäude aus dem frühen 20. Jahrhundert. Jacques, der von Beruf Bauingenieur war, hatte die Renovierungsarbeiten selbst geleitet. Die drei Geschosse waren im typischen Stil der nördlichen Bretagne erbaut – aus Natursteinen, mit weißen Fensterläden und einem sattgrünen Garten dahinter, in dem Jacques selbst Gemüse zog. Er war stolz auf jede einzelne Pflanze, die dort wuchs. In den beiden oberen Etagen gab es vier Schlafzimmer und ein kleines Büro – ausreichend Platz also für eine große Familie. Im Erdgeschoss befanden sich ein großes Wohnzimmer mit Kamin sowie eine voll ausgestattete Küche. In dem einzigen und noch dazu kleinen Badezimmer des Hauses waren lange Zeit Wasserschlachten in der Badewanne ausgetragen und Ellbogenhiebe über dem Waschbecken verteilt worden.

Man spürte, dass in diesem Haus gelebt worden war. Auch wenn die Kinder inzwischen nicht mehr dort wohnten, hatte es seine Seele behalten – vom Geruch nach Kaminfeuer und dem Wachs der gebohnerten Holzdielen bis hin zu den inzwischen schon leicht schäbigen Wänden mit den Familienfotos, die nostalgisch an vergangene Zeiten erinnerten. Auf einigen Bildern waren die Kinder noch sehr jung, auf anderen schon ein wenig älter. In Matthieu, dem Ältesten mit dem strahlenden Lächeln, erkannte man sofort den guten Schüler und braven Sohn. Sein Bruder Alexandre war eindeutig der Spaßvogel der Familie, der die unmöglichsten Grimassen zog und damit jedes Bild verdorben hätte, wenn dies nicht schon dem Jüngsten gelungen wäre, der ausnahmslos finster schmollte und bockig die Arme vor der Brust verschränkte.

Trotz ihrer unterschiedlichen Charaktere hatten die Brüder stets wie Pech und Schwefel zusammengehalten und lebten heute nicht zufällig alle drei in demselben Vorort von Paris. Es war ihnen wichtig, sich regelmäßig sehen zu können.

Angesichts des verlockenden Geruchs, der das Haus erfüllte, meldete sich prompt Antoinettes Magen. «Gehen wir in die Küche, Martine, ich helfe dir. Und du, Jacques, sei doch bitte so lieb und fahr eben die

Flaschen entsorgen, die noch in meinem Kofferraum liegen. Aus unerfindlichen Gründen wurde bei mir diese Woche das Altglas nicht abgeholt. Übermorgen gehe ich gleich aufs Gemeindeamt, um denen die Leviten zu lesen. Es ist nicht das erste Mal, dass sie so was mit mir versuchen!»

In der Küche begab sie sich schnurstracks zum Ofen, um nach dem Rehbraten zu sehen. Da sie die Klappe kommentarlos wieder schloss, konnte man davon ausgehen, dass das gute Stück zu ihrer Zufriedenheit vor sich hin schmorte, ganz so, wie sie es ihrem Sohn beigebracht hatte.

Martine platzierte ihre Schwiegermutter am Küchentisch und servierte ihr ein kleines Glas Sauternes, während sie, wie jedes Jahr, die *Foie gras* auf kleinen Toastdreiecken anrichtete.

«Nutzen wir die Zeit, solange Jacques nicht da ist», begann Antoinette wenig später und trank einen Schluck von dem süßen Aperitifwein. «Wie geht es ihm?»

Martine ließ von den Toastscheiben ab, die sie gerade zurechtschnitt, und beugte sich zu ihrer Schwiegermutter vor. «Wenn du ihn fragst, wird er dir antworten, dass es ihm gut geht, ihm die Leute auf den Baustellen aber keine freie Minute lassen. In Wirklichkeit haben seine Chefs ihn quasi in den Vorruhestand versetzt und bereits einen jungen Nachfolger für ihn eingestellt, einen Ingenieur, frisch von der Uni. Jacques hat kaum noch etwas zu tun.»

«Mit 62 aufs Abstellgleis geschoben. Der Arme! Das wird doch hoffentlich kein Burnout sein?», rief Antoinette.

Martine warf einen kurzen Blick durchs Fenster, um sicherzugehen, dass Jacques noch nicht im Anmarsch war. «Ein Burnout ist es nicht, glaube ich», erwiderte sie dann und nahm ihre Essensvorbereitungen wieder auf. «Aber er schläft schlecht und schaut dauernd auf sein Handy in der Hoffnung, dass seine Kollegen anrufen und ihm sagen, dass sie ihn brauchen.»

«Er hat abgenommen, oder?»

«Ja, fünf Kilo.»

«Das ist nicht wenig. Aber sag mal, und wie geht es dir? Passt du auch auf, dass du dich nicht übernimmst? Was macht dein Blutdruck?»

Martines labile Gesundheit war von jeher ein Thema gewesen, und seit einigen Jahren musste sie noch mehr darauf achten, sich zu schonen. Sie neigte dazu, ohnmächtig zu werden. Vor einigen Monaten hatte sie in der Buchhandlung, in der sie arbeitete, einen Schwächeanfall erlitten und war so unglücklich vornüber auf die Kasse gekippt, dass sie sich die Rippen geprellt hatte. Während die Familie Jacques wegen seines zu hohen Cholesterinwerts gern aufzog, war man um Martine stets ernsthaft besorgt, zumal sie sich zu Hause nach wie vor um alles kümmerte.

«Ach, es geht», antwortete sie auf Antoinettes Fragen. «Ich trete in der Buchhandlung schon kürzer, und Ende nächsten Jahres werde ich ganz aufhören und in

Rente gehen. Das habe ich mit meinem Kollegen schon besprochen. Ich hoffe nur, Jacques hat sich bis dahin auch damit abgefunden, dass es Zeit ist, den Staffelstab zu übergeben. Er wird immer reizbarer und ist im Moment wirklich nur schwer erträglich.»

«Noch reizbarer als sonst, geht das überhaupt? Das klingt ja vielversprechend für heute Abend. Da wir gerade beim Thema sind, wisst ihr eigentlich schon, dass Laura jetzt doch vorhat zu kommen? Hat dein Sohn dir Bescheid gesagt?»

Martines mittlerer Sohn, Alexandre, war seit fast drei Jahren mit Laura liiert. Das erste Weihnachtsfest mit ihr vor einem Jahr war alles andere als harmonisch verlaufen, weshalb in beiderseitigem Einverständnis beschlossen worden war, dass Laura in diesem Jahr nicht mit von der Partie sein würde.

«Was?! Nein, das wusste ich nicht! Alexandre hat mir nichts gesagt», ereiferte sich Martine und griff nach ihrem Handy, auf dem sie eine ungelesene Nachricht entdeckte. «*Merde ...!* Die isst doch kaum irgendwas!»

«Achte auf deine Wortwahl, Martine», tadelte Antoinette. «Deine Enkel sind bei Schimpfwörtern sehr streng! Und? Laura kommt heute Abend, hatte ich recht?»

«Ja, aber das weiß ich erst seit gerade eben, und ich habe gar kein Geschenk für sie. Meine Schwiegertochter wird mich hassen ...»

«Apropos, deine andere Schwiegertochter, Stéphanie ...»

«Sag mir nicht, dass es mit ihr auch ein Problem gibt!»

«Nein, sie ist nur wieder schwanger, auch wenn sie versucht, es zu verbergen, aber sie kriegt keinen Bissen runter. Also, was gibt's zu essen?»

«*Foie gras*, Räucherlachs, Austern und Rehbraten ... Himmel, nein! Meine *beiden* Schwiegertöchter werden mich hassen», stellte Martine bestürzt fest.

Das Menü war in der Tat nicht ideal für eine Schwangere. Aber wie hätte Martine das ahnen sollen? Matthieu, ihr Ältester, hätte ihr wirklich einen Tipp geben können. Sie wischte sich die Hände an der Schürze ab, öffnete den Küchenschrank und seufzte ratlos. «Glaubst du, dass die Zeit reicht, um noch eben zu Monoprix zu fahren? Es ist erst kurz nach halb neun, und wenn ich mich beeile –»

Martine blieb nicht einmal Zeit, den Satz zu beenden, weil in dem Moment das Rauschen der Gegensprechanlage am Tor zu hören war.

«*Merde ...!* So ein Mist!», fluchte sie und spürte Panik in sich aufsteigen.

Keine Umstände!

Martine bemühte sich, locker zu klingen, als sie in den Lautsprecher sprach: «Ja? Wer ist da?»

«Ich bin's, mach mir mal auf! Ich habe das Tor beim Rausfahren zugemacht, wie es sich gehört, aber nun finde ich die blöde Fernbedienung nicht mehr», ertönte die wenig freundliche Stimme ihres Gatten, der vom Altglascontainer zurückgekehrt war.

Martine seufzte erleichtert auf und beschloss, ihre Schwiegermutter einen Moment lang Jacques' Obhut zu überlassen, um tatsächlich noch schnell zum Supermarkt zu fahren. Sie zog sich den Mantel über die Schürze und erläuterte Jacques kurz die Situation, als sie ihm vor der Tür begegnete.

«Das ist doch lächerlich», hielt er sie zurück. «Du gehst jetzt nicht mehr einkaufen. Sie sind nämlich schon da, parken gerade.»

«O nein! Und was servieren wir jetzt Stéphanie und Laura?»

«Was hast du denn für die Kinder vorgesehen?», erkundigte sich Jacques.

«Habe ich etwa auch noch meine Enkel vergessen?

Es war einfach alles zu viel für mich!», jammerte Martine und trottete mit ihrem Mann zurück ins Haus.

Antoinette dirigierte die beiden in die Küche und schenkte ihnen ein Glas Sauternes ein. «Trinkt erst einmal einen Schluck, ihr zwei, das wird euch guttun!»

Martine zitterte am ganzen Leib, und ihr Herz pochte wie verrückt. Immerhin wärmte der süße Wein.

Jacques, der zumindest nach außen wesentlich ruhiger wirkte, wusch sich die Hände, um anschließend mit dem Bratenthermometer den Garzustand des Rehs zu überprüfen. «Mama, mir geht's wunderbar», versicherte er lächelnd. «Martine ist diejenige, die hier aus einer Mücke einen Elefanten macht. Ein paar Cashewnüsse und eine Dose Spargel für unsere Schwiegertöchter werden wir ja wohl noch irgendwo finden. Es wäre ohnehin gut, wenn etwas aus unseren Schränken rauskommt. Sie sind viel zu voll. Hoffen wir nur, dass das Zeug noch nicht abgelaufen ist.»

«Dosenspargel am Heiligen Abend? Sie werden uns wirklich hassen. Warum tischst du ihnen nicht gleich Katzenfutter auf?» Martine kletterte auf einen Hocker und holte zwei Dosen aus dem Schrank, die sie ihrem Mann hinhielt «Jacques, du hast die besseren Augen. Kannst du mal eben das Haltbarkeitsdatum prüfen?»

Während Jacques mit einer Hand seine Frau festhielt, zog er mit der anderen die Lesebrille aus der Hemdtasche und setzte sie sich auf. «2008. Aber kann Kaviar mit Auberginen überhaupt schlecht werden?»

Jacques, der selbst kein Problem damit hatte, einen

Joghurt zu essen, der seit über zwei Monaten abgelaufen war, hätte sich liebend gern des Inhalts der beiden Dosen angenommen, doch Martine hatte sie bereits in den Müll befördert, bevor ihr Kopf wieder im Schrank verschwand.

Antoinette, deren Glas inzwischen leer war, wurde langsam langweilig, weshalb sie beschloss, das Thema zu wechseln. «Nicht, dass mich nicht interessieren würde, worüber ihr euch unterhaltet, aber ... Jacques, wie läuft es eigentlich bei der Arbeit? Hast du auf deinen Baustellen mal wieder ein neues Team unter deiner Aufsicht?», fragte sie, weil sie glaubte, wenn sie ihm möglichst viel Honig um den Mund schmierte, würde sie am ehesten die Wahrheit zu erfahren.

«Ich sag nur eins», antwortete er. «Es ist der reinste Wahnsinn! Permanent rufen die Jungs mich an. Man sollte meinen, sie würden auch mal einen Moment ohne mich zurechtkommen, aber ich muss schon froh sein, dass ich die zwei Weihnachtstage freihabe. Und dann brummen sie mir auch noch diesen Neuen auf, den ich ausbilden soll und der obendrein leider nicht besonders helle ist. Aber gut, besser so als andersherum.»

Pikiert verzog Antoinette den Mund. Ihr Sohn war mit einem überzogenen Stolz auf die Welt gekommen und verstand sich meisterhaft darauf, für ihn unvorteilhafte Informationen unter den Tisch fallen zu lassen. Doch sie hakte nicht weiter nach und begann stattdessen, mit dem Finger die Schüssel auszukratzen, in der ihre Schwiegertochter die *Foie gras* zubereitet hatte.

Jacques ließ unterdessen den Ofen nicht aus den Augen, während er gleichzeitig weiter seine Frau festhielt, damit diese auf dem Hocker nicht das Gleichgewicht verlor. Als der Toaster dann plötzlich einen Toast ausspuckte, mit dem niemand mehr gerechnet hatte, fuhr er allerdings so stark zusammen, dass er Martine um Haaresbreite zum Fallen gebracht hätte.

Antoinette war als Erste unter dem Tisch, um den Toast aufzuheben. «Ein schwaches Herz darf man bei euch aber nicht haben», stellte sie trocken fest.

«Was machen die da draußen eigentlich so lange?», wunderte sich Jacques ungeduldig. «Sie sind doch schon vor zehn Minuten angekommen, und drei Tage braucht man nicht bis zur Haustür! Findest du noch was, Martine?»

«Nichts! Überhaupt nichts! Es ist deprimierend!»

«Dann lass es. Wenn sie uns vorher nicht Bescheid geben, ist es ihr Problem. Sag mir lieber, wie lange ich den Braten noch drinlassen soll.»

«Du hast doch den Timer gestellt, oder? So lange, bis er sich meldet also», antwortete Martine verzweifelt.

In dem Moment schrillte die Türklingel. Alle drei zuckten zusammen. «Endlich, zu früh sind sie jedenfalls nicht», konnte sich Jacques nicht verkneifen.

Die Familie kann man sich nicht aussuchen

Dicht aneinandergedrängt schnitten die drei Söhne hinter dem Küchenfenster Grimassen und malten zweideutige Bildchen auf die gefrorene Scheibe. Martine, die inzwischen sicher vom Stuhl geklettert war, lächelte, während sie murmelnd und beinahe ohne die Lippen zu bewegen, ihren Mann anwies: «Lauras Geschenk! Könntest du bitte schnell nach oben laufen? Da liegen ein paar Dinge, die ich noch nicht mit Namen beschriftet habe. Nimm irgendeins und komm damit wieder runter.»

«Keine Sorge, ich habe etwas für sie besorgt, das ich ihr eigentlich beim nächsten Mal geben wollte. Ich hole es nur kurz und lege es unter den Baum, dann bin ich gleich wieder bei euch.»

«Soll ich ihnen schon mal aufmachen, oder wollt ihr vielleicht, dass sie den Heiligen Abend zähneklappernd im Freien verbringen?», fragte Antoinette und wackelte in Richtung Eingang. «Gut, dass ich früher gekommen bin.»

Vor der Tür standen acht Personen – in der Kälte schlotternd, aber lächelnd. Die Le Guennecs waren vollzählig: Matthieu mit seiner Lebensgefährtin Stéphanie und den beiden Kindern Paul und Jules, fünf und drei Jahre alt. Alexandre, der entgegen allen Erwartungen tatsächlich mit Laura gekommen war. Und schließlich Nicolas, der die Gelegenheit nutzte, um seine neue Freundin Jeanne vorzustellen.

Gemeinsam waren die Brüder seit mehreren Monaten nicht zu Hause gewesen, sodass Martine unwillkürlich warm ums Herz wurde, als sie die drei vor der Tür stehen sah. Die jungen Männer umarmten und küssten zunächst ihre Mutter und Großmutter herzlich, ehe sie auch ihren Vater kurz in die Arme nahmen, der von seinem Ausflug ins obere Stockwerk noch ein wenig außer Atem war.

Anschließend begrüßte Nicolas' neue Freundin Jeanne Martine, Jacques und Antoinette höflich. Sie war um die dreißig, rothaarig und lächelte äußerst freundlich um den großen Blumenstrauß herum, den sie mitgebracht hatte. Als sie ihn überreichte und sich für die Einladung bedankte, erkannten die Gastgeber den leicht singenden Dialekt, der ihre Herkunft aus Marseille verriet.

Nicolas hielt seinen Eltern eine Flasche hin. «Die hat unsere Sommelière Jeanne für euch ausgesucht. Dazu musste ich sie leider vorher einweihen, was heute auf dem Speiseplan steht, aber ich glaube, der Wein ist genau der richtige.»

Als Nicolas mit der Flasche in die Küche ging, um den Inhalt in eine Karaffe umzufüllen, nahm auch er den köstlichen Duft wahr: «Hmm, hier riecht es phantastisch, Mama. Ich bekomme sofort Hunger! Kann ich dir irgendwie helfen?»

«Nein danke, Herr Chefkoch. Darf ich dich darauf hinweisen, dass du heute frei hast? Genieß die Zeit mit deinen Brüdern. Außerdem ist sowieso alles fertig. Gehen wir rüber ins Wohnzimmer.»

«Und ich darf dich darauf hinweisen, dass das, was du riechst, der Rehbraten ist, mein Sohn», meldete sich Jacques zu Wort, der sich ein wenig übergangen fühlte und insgeheim hoffte, ebenfalls ein Lob einzuheimsen. «Ein Rehbraten, mit dem ich, zumindest im Moment, hochauf zufrieden bin, muss ich sagen. Er ist genau so zart und weich, wie er sein sollte. Was gibt es Neues bei dir?»

Nicolas war Koch in einem vornehmen Pariser Restaurant. Mit Talent und Leidenschaft hatte er die Karriereleiter zum Stolz seiner Eltern im Eiltempo erklommen. Sein Arbeitspensum ließ ihm wenig Zeit für ein ausgewogenes Sozialleben, zumal er fast immer am Wochenende arbeitete. Entsprechend hatte er Jeanne auch bei der Arbeit kennengelernt. Sie war Sommelière in dem Restaurant, in dem er arbeitete, und seit fast zehn Monaten seine große Liebe.

Während die anderen noch damit beschäftigt waren, die Geschenke im hintersten Zimmer zu verstauen, war Antoinette bereits mit Paul und Jules, ihren beiden Großenkeln, im Wohnzimmer verschwunden. Jacques, Martine und Nicolas gesellten sich zu ihnen.

«Gut, dann bringt ihr die Kleinen jetzt ins Bett, damit wir mit der Feier beginnen können», drängte Jacques.

Alle drehten sich zu ihm, um herauszufinden, ob er es scherzhaft gemeint hatte. Doch es schien sein Ernst gewesen zu sein.

«Warte», griff Martine beschwichtigend ein. «Die Kinder sind doch gerade erst angekommen. Zum Aperitif können sie schon noch bleiben. Oder, Stéphanie?»

«Ja klar, wenn es euch nicht stört, dürfen sie gern noch ein bisschen spielen», bestätigte diese mit einem eindringlichen Blick in Richtung ihres Schwiegervaters. «Immerhin ist Weihnachten. Bevor wir uns an den Tisch setzen, bringe ich sie dann ins Bett. Gegessen haben sie jedenfalls schon.»

«Meinetwegen, aber ich bin derjenige, der für den Braten verantwortlich ist», erwiderte Jacques, «und ich möchte auf jeden Fall vermeiden, dass er zu lange im Ofen ist. Wie wär's übrigens mit ein wenig Musik?»

Er erhob sich und suchte in seiner großen Sammlung nach der passenden CD für den Moment. Er brauchte eine Weile, um sich zu entscheiden, aber nachdem er den Player schließlich gestartet hatte, setzte er sich mit einem zufriedenen Seufzer wieder zu seinen Gästen. Jeanne erkannte die Stimme des Sängers sofort und musste insgeheim lächeln. Nicolas hatte sie vorgewarnt, dass sie irgendwann im Laufe des Abends ziemlich sicher Michel Sardou zu hören bekäme. Doch dass es bereits beim Aperitif so weit sein würde, damit hatte sie nicht gerechnet. Jacques war offenbar ein echter Fan.

Martine wirbelte unterdessen um ihre Gäste herum. «Setzt euch», forderte sie die anderen auf. «Ihr wollt doch nicht den ganzen Abend im Stehen verbringen. Hopp, hopp! Champagner für alle? Es sei denn, unsere Sommelière empfiehlt etwas anderes?»

«Champagner ist wunderbar. Soll ich ihn einschenken und heute Abend den Wein servieren?», bot Jeanne an.

«Bloß nicht», mischte sich Matthieu, ihr Schwager in spe, lächelnd ein, «da sind sie eigen. Und stell dich schon mal auf einen leichten Tropfen ein, um nicht zu sagen auf billigen Fusel.»

«Was? Billiger Fusel?», ereiferte sich Jacques. «Ich wollte euch einen 2005er mit Gütesiegel kredenzen, den ich bei meinem Weinhändler entdeckt habe, aber wenn euch der nicht edel genug ist, trinke ich ihn auch allein, keine Sorge!»

«Neun Gläser also?», ging Martine dazwischen und hielt Alexandre die Flasche hin, damit er das Einschenken übernahm.

«Für mich nicht», teilte Stéphanie mit.

«Ah! Möchte uns da jemand etwas verkünden?», hakte Alexandre nach, während er den Champagnerkorken knallen ließ. «Aber Matthieu und Stéphanie, ihr wisst schon, dass ihr euch ab drei Kindern ein anderes Auto zulegen müsst?»

«Dann reserviere ich mir schon mal euren Golf»,

sagte Nicolas sofort, als wäre der Wagen soeben offiziell auf den Markt gekommen.

«Warum braucht es denn noch eins?», wunderte sich Antoinette. «Die ersten beiden sind doch gut genug geworden.»

«Wir haben gar nichts zu verkünden», beendete Matthieu die Diskussion, «aber ich wollte Mama gratulieren, dass sie Papa offenbar erfolgreich zu einem neuen Hemd überredet hat. Und dazu auch noch Schuhe! Man könnte fast sagen, du siehst elegant aus, Papa. Liegt es an deiner neuen Schwiegertochter, dass du dich derart ins Zeug gelegt hast? Ich glaube nicht, dass Stéphanie und Laura so viel Ehre zuteilgeworden ist.»

«Das ist ja wohl noch untertrieben», kommentierte Antoinette, was Jeanne erst recht befremden musste.

«Aber, aber, ist das hier nur meine Feier oder wie?», empörte sich Jacques. «Mir fällt vor allem auf, dass die ganze Zeit geredet, aber nichts gegessen wird. Was hattest du als Aperitif vorgesehen, Martine? Es ist bereits zwanzig nach neun!» Er klopfte ungeduldig auf seine Armbanduhr.

«Vielen Dank, dass du mir deine Hilfe anbietest», entgegnete Martine und warf ihrem Mann einen finsteren Blick zu. «Wenn du den Kühlschrank öffnest, kannst du selbst sehen, was es gibt. Und wärst du so gut und toastest noch ein paar Scheiben Brot?»

Murrend erhob sich Jacques und trottete in die Küche.

Fünf lange Minuten ließ sich vernehmen, wie

Schranktüren geöffnet wurden, Toasts aus dem Toaster sprangen und immer wieder «Autsch, ist das heiß» gerufen wurde. «Martiiiiine!», hörte man Jacques schließlich brüllen. «Wo im Kühlschrank? Ich finde nichts!»

«Tut mir leid, ich bin gleich wieder da», entschuldigte sich Martine daraufhin und eilte zu ihrem Mann.

«So eine Scheiße ...», drang es kurz darauf aus der Küche.

«Bitte verzeihen Sie die schlechten Manieren meines Sohnes. Von mir hat er diese Ausdrucksweise jedenfalls nicht», fühlte sich Antoinette bemüßigt, Jeanne zu versichern, ehe sie sich in ihrem Sessel zu Stéphanie hinüberbeugte. «Mir kannst du es ja sagen, Stéphanie», flüsterte sie. «Du bist doch schwanger, oder? Ich verstehe ja, dass man gern drei Monate abwartet, aber wer weiß, ob ich in drei Monaten noch auf dieser Erde weile.»

«Netter Versuch, aber nein!», antwortete Stéphanie genervt. «Darf man nicht einfach mal keinen Alkohol trinken, ohne gleich für schwanger gehalten zu werden? Wir hatten gestern Abend Freunde zu Besuch, wenn du es ganz genau wissen willst, und da hatte ich ein bisschen zu viel. Das ist alles!»

«Du hast einen Kater!», rief Nicolas. «Als Mutter von zwei kleinen Kindern. Bravo!»

«Jetzt lass sie in Ruhe», mahnte Martine, die mit einem großen Teller *Foie gras* auf Toast aus der Küche zurückkehrte. «Macht mal ein bisschen Platz auf dem kleinen Tisch. Als ich in Stéphanies und Lauras Alter war, hatte ich bereits drei Kinder. Es wäre also ganz *normal*, wenn sie noch einmal schwanger wäre, aber das soll jede so halten, wie sie kann und mag. Wer möchte Feigen-Chutney dazu?»

Jacques, der sich wieder auf dem Sofa niedergelassen hatte, blickte freudig auf, als das Chutney-Glas vor seiner Nase hochgehalten wurde.

«Für dich nicht, mein Schatz», enttäuschte ihn Martine jedoch. «Wir wollen ja nicht, dass du heute Abend über die Stränge schlägst.»

Matthieu kam noch einmal auf das vorherige Thema zurück: «Hör auf, deine Schwiegertöchter unter Druck zu setzen, Mama. Als du mit mir schwanger warst, hast du dein Studium abgebrochen. Das würde heute niemand mehr machen. Wenn man einen vernünftigen Beruf hat, tut man alles, um ihn zu behalten.»

«Wieso Druck? Ich bin Großmutter zweier wunderbarer süßer Racker. Ob Paul und Jules noch einen kleinen Bruder oder Cousin bekommen, ist mir vollkommen egal», versicherte Martine und strich Jules über den blonden Haarschopf. «Obwohl, eine kleine Enkeltochter wäre schon noch schön. Siehst du das nicht genauso, Antoinette?»

Stéphanie warf Matthieu einen finsteren Blick zu, worauf dieser sein Glas hob und verkündete: «Ich möchte einen Toast auf Jeanne aussprechen, die gerade erst zu dieser verrückten Familie dazugestoßen ist, und auf uns alle, die wir hier versammelt sind, um gemeinsam Weihnachten zu feiern! Zum Wohl!»

Alle prosteten sich zu, nur das Familienoberhaupt erhob sich und verließ den Raum.

«Jacques, wo willst du denn jetzt schon wieder hin?», rief Martine ihrem Mann nach, während alle anderen langsam in Stimmung kamen. «Kannst du den Braten nicht eine Minute allein lassen und dich zu uns setzen, um anzustoßen? Austern für alle? Stéphanie?»

In dem Moment kehrte Jacques mit einem Silbertablett zurück. «Das sind Cancale-Austern», präsentierte er stolz, was er gebracht hatte.

«Und?», fragte seine Schwiegertochter Laura.

«Na ja, man sagt, das sind die besten, weil ...» Martine zögerte. «Das soll uns lieber unser Gastronomieexperte erklären. Alexandre? Äh, Matthieu? Nein, *merde*, ich krieg's noch hin. Nicolas! Wird nicht immer gesagt, dass Cancale-Austern die besten sind?»

«Zwei Euro, Oma», rief Paul, ohne von der Carrera-Bahn aufzublicken.

«Nein, ein Euro, mein Schatz, ich habe nur ein ‹böses Wort› gesagt. Magst du vielleicht noch eine Salzbrezel?», versuchte Martine ihn abzulenken.

«Zusammen mit Opas Schimpfwort vorhin in der Küche macht es zwei Euro. Und ich will lieber was von der Leberwurst.»

«Von der *Foie gras*?», rief Jacques entgeistert. Sein Enkel nickte freudig.

«Wie alt ist er noch gleich? Fünf?», schaltete sich Alexandre ein. «Da könnt ihr euch ja auf was gefasst machen.»

«Was die Austern angeht», versuchte Nicolas zum Thema zurückzukommen.

«Wollen wir gar nicht wissen, oder?», unterbrach ihn Laura.

Doch er ließ sich nicht beirren. «Ich würde sagen, es ist Geschmackssache. Einige mögen sie jodhaltiger, andere fleischiger. Beim Kauen –»

«Ich glaub, ich muss mich gleich übergeben», stöhnte Stéphanie. «Können wir bitte über etwas anderes reden?»

«Zumal wir das letztes Jahr schon diskutiert haben», fügte Antoinette hinzu und schlürfte genüsslich eine Auster.

Nachdem die ersten Gläser geleert waren und sich die Austernschalen auf dem Tablett stapelten, erhob sich Jacques abermals. «Da der Rehbraten in einer Stunde fertig sein wird», teilte er seinen Gästen mit, «schlage ich vor, dass wir uns nun für die Vorspeise an den Tisch begeben. Stéphanie, bringst du jetzt deine Kleinen ins Bett? Unsere Geschenke kriegen sie morgen.»

«‹Die Geschenke vom Weihnachtsmann›, meinst du», verbesserte Stéphanie. «Matthieu, wärst du bitte so nett und kümmerst dich darum, dass *unsere* Kinder ins Bett kommen? Ich danke dir, mein Schatz.»

«Moment! Der Weihnachtsmann? Den habe ich dieses Jahr abbestellt! Ihr habt doch gesagt, dass Paul und Jules nicht brav genug waren», scherzte Jacques.

Jules brach sofort in Tränen aus, und Stéphanie nahm ihn auf den Arm. «Ich glaube, ich bringe sie doch lieber selbst ins Bett, Matthieu. Ich brauche dringend eine Pause!»

Wenn Blicke töten könnten, hätte Martine ihren Mann in diesem Moment gerade erdolcht.

«Jetzt bin ich wieder schuld», beklagte sich dieser und verstand die Welt nicht mehr.

Wo gehobelt wird, da fallen Späne

Jacques hing erschöpft in der Sofaecke. Die Wärme des Kamins erhitzte sein vom Wein ohnehin bereits gerötetes Gesicht. Er war zufrieden, da er das Essen hinter sich gebracht hatte, ohne bei Nicolas' neuer Freundin einen Bock geschossen zu haben. Ganz anders als an Weihnachten ein paar Jahre zuvor.

Damals hatte Stéphanie das Essen sausenlassen, keineswegs, weil sie mit ihrem ersten Kind schwanger gewesen war, sondern weil ihr Schwiegervater ihr den Abend gründlich vermiest hatte.

Da Matthieu und sie eher angereist waren, hatte Stéphanie angeboten, Antoinette abzuholen, die am späten Nachmittag mit dem Zug von einer Reise zurückkehrte. Sie hatte den Wagen ihrer Schwiegereltern direkt vor dem Bahnhof parken können und die alte Dame unter den letzten aussteigenden Fahrgästen sofort erkannt. Spontan waren sie anschließend noch bis zum Einbruch der Dunkelheit untergehakt im Park spazieren gegangen.

Stéphanie hatte Matthieu ein wenig Zeit allein mit seinen Brüdern geben wollen. Außerdem war sie nicht besonders scharf darauf gewesen, die Stunden vor dem Weihnachtsessen bei den Le Guennecs zu verbringen. Der Chauvinismus, der dort herrschte, war unerträglich. Die drei Söhne spielten mit ihrem Vater Videospiele wie Teenager und lachten blöd über irgendwelche immer alberneren Dinge, oder sie stritten über Fußball, ohne auch nur auf die Idee zu kommen, den Frauen in der Küche zu helfen.

Stéphanie war bis dato die einzige Lebensgefährtin, der die Ehre zuteilgeworden war, mehr als ein Jahr in Folge kommen zu dürfen. Sie war ohnehin der Meinung, dass ihr Partner Matthieu der beständigste der drei Brüder war. Manchmal kam ihr jedoch der Gedanke, womöglich die dümmste der potenziellen Schwiegertöchter zu sein, weil sie nicht sofort Reißaus genommen hatte, nachdem sie die Familie besser kennengelernt hatte, in die sie hineingeraten war.

Jacques musste man zugestehen, dass er nicht der Einzige war, der die Böcke schoss. An jenem Tag hatte sie selbst Mist gebaut. Ziemlich großen Mist sogar. Kleinlaut hatte sie ihren Schwiegervater danach aus der Werkstatt anrufen müssen.

Jeder macht mal einen Fehler.

Bei den Le Guennecs war es ihr erster gewesen, und sie hoffte und betete inständig, dass es auch der letzte sein mochte, wobei das leider alles andere als sicher war.

Ja, sie hätte das kleine Schild am Tankdeckel des Wagens ihres Schwiegervaters lesen sollen. Zu ihrer Entlastung sei gesagt, dass Schwangere eben manchmal ein wenig kopflos handeln. Dennoch ließ sich nicht abstreiten: Diesel war kein Benzin. Obwohl es zu keiner Zeit um Leben und Tod gegangen war, hatte sie wirklich geglaubt, ihr letztes Stündlein habe geschlagen, nachdem Martine sie völlig aufgelöst in Schürze und mit wirrem Haar von der Werkstatt abgeholt hatte.

Als sie das Haus der Familie betrat, war die Stimmung zum Schneiden gespannt. Die Jungs standen schweigend im Wohnzimmer, während Jacques, der sich in der Küche eingeschlossen hatte, von dort brüllte: «Da muss man schon selten dämlich sein, es steht deutlich drauf! Oder ist sie vielleicht Analphabetin? Soll sie mir sagen, was ihr lieber ist ...»

Martine hatte sich Zugang zur Küche verschafft, um ihren Mann zu beruhigen. Noch war Zeit, um den Heiligen Abend zu retten. Doch Jacques' Stimme war nach wie vor deutlich zu hören, selbst wenn sie leiser wurde und man nicht jedes Wort verstehen konnte: «Gefallen? Sie wollte mir einen Gefallen tun? Wenn man jemandem einen Gefallen tun will, ist es ja wohl das mindeste, dass es auch wirklich ein Gefallen *ist.* Wer hat sie darum gebeten? Ich war vorgestern erst tanken. Wenn mich noch einmal jemand nach meinem Auto fragt ... das noch dazu ganz neu ist, nicht einmal richtig eingefahren. Ich sag nur, gut gemeint ist das Gegenteil von gut. Manche sind echt zu doof für diese Welt.»

«Beruhige dich, Jacques. Sonst vergraulst du Stéphanie noch. Es reicht jetzt. Niemand ist verletzt worden, und deshalb werden wir uns nun endlich an den Tisch setzen und die Geschichte vergessen.»

«Vergessen? Die Geschichte wird noch ein Nachspiel haben, in Form einer 3000-Euro-Rechnung. Und wer wird dafür Überstunden schieben? Mademoiselle Stéphanie sicher nicht. Die macht sich in ihrem gemütlichen Versicherungsjob doch nicht kaputt. Wenn es um die 35-Stunden-Woche geht, ja, dann sind sie alle vorn dabei, aber wenn es darum geht, mal das Gehirn einzuschalten und zu *lesen*, was dort *dick und fett* steht, ist das schon zu viel verlangt. Die ist wirklich gehirnamputiert, das ist sie!»

Stéphanie, die eine Weile mit hängenden Schultern reglos vor der Küchentür gestanden hatte, war daraufhin zu dem Schluss gekommen, dass die anderen auf die Anwesenheit einer Gehirnamputierten am Heiligen Abend sicher gut würden verzichten können. Das galt insbesondere für ihren Partner Matthieu, der zu keiner Zeit für sie Partei ergriffen, noch wenigstens versucht hatte, seinen Vater zu beruhigen.

Auge um Auge, Zahn um Zahn

Das Essen lag Jeanne schwer im Magen, nachdem sie den typischen Anfängerfehler begangen hatte, sich von dem köstlichen Rehbraten noch einmal nachzunehmen. Dennoch ließ sie sich von der freudigen Aufregung anstecken, die sich kurz vor Mitternacht im Raum ausbreitete. Alle hatten Geschenke vor sich auf dem Schoß, und beim ersten Schlag der großen Pendeluhr begannen sie mit dem Auspacken.

In der Familie war es Tradition, die Geschenke gleichzeitig zu öffnen, ohne dass man wusste, was von wem stammte. Das eröffnete Möglichkeiten, jemandem ein Präsent unterzujubeln, das man durchaus als – mehr oder weniger – versteckte Anspielung verstehen konnte. So hatte Stéphanie für Jacques vor einigen Jahren ein Abo für ein Senioren-Magazin abgeschlossen, obwohl er zu dem Zeitpunkt noch nicht einmal 60 Jahre alt gewesen war. Erstaunlicherweise schien er sich sogar gefreut zu haben und lobte die «sehr interessanten Artikel über Themen, die wirklich von Belang sind».

Als Stéphanie in diesem Jahr ihr erstes Geschenk

auspackte, ein Buch über das Wesen von Rottweilern, grinste sie innerlich, weil auch sie sich nun nicht mehr aus Anstand zurückhalten musste, ihrem Schwiegervater bei der nächsten Gelegenheit das Bändchen mit dem Titel «Stolzer als ein Pfau» mitzubringen, das sie bereits gekauft hatte. Immerhin hatte Jacques vier Jahre zuvor mit dieser Art Boshaftigkeiten begonnen, indem er Stéphanie eine Biographie über Rudolf Diesel zukommen ließ, womit er eindeutig auf ihr vorheriges Missgeschick anspielte, über das sie gern den Schleier des Vergessens gelegt hätte.

Ihre Schwägerin Laura nahm unterdessen schon ihr letztes Geschenk in Augenschein – besagte gerade noch rechtzeitig unter dem Baum platzierte Überraschung. Es handelte sich ebenfalls um ein Buch mit einer «Botschaft» – in dem Fall eine Anspielung auf das letztjährige Weihnachtsfest.

Auch damals war Jacques am Heiligen Abend für den Braten – den Rehbraten – verantwortlich gewesen und hatte sich ein Bein ausgerissen, um rechtzeitig fertig zu werden. Er war gestresst und schmutzig gewesen – genau wie die Küche. Seine Schürze war blutverschmiert. Dennoch hatte er Laura, seine neue Schwiegertochter in spe, bei ihrer Ankunft mit einem aufrichtigen und herzlichen Lächeln begrüßt, was allerdings nicht lange anhielt.

Fairerweise hätte Alexandre seine Eltern vorher darüber informieren können, dass seine neue Freundin Vegetarierin war. Und dass bei ihr nur Bio-Lebensmittel auf den Tisch kamen. Zu Jacques' großer Enttäuschung aß sie später keinen Bissen. Obwohl er sich beim Zubereiten des Festessens wieder einmal selbst übertroffen hatte, rührte sie weder den Rehbraten noch die *Foie gras* an, was Jacques die Suppe gründlich versalzte.

Unterhalten hatte man sich dennoch. Schließlich interessierte Jacques brennend, was Laura beruflich machte. «Aber kann man im humanitären Sektor überhaupt Geld verdienen? Es ist ja gut und schön, die Welt retten zu wollen, aber in erster Linie geht es doch darum, finanziell unabhängig zu sein. Immerhin haben wir gerade erst aufgehört, Alexandre zu unterstützen, der sich mit dem Fotografieren offenbar endlich ‹selbst verwirklichen› kann», sagte Jacques und versah das letzte Verb mit in die Luft gemalten Anführungszeichen. «Man kann nur hoffen, dass bei der Hilfsorganisation mehr rausspringt als bei der Fotografiererei.»

«Alexandre und ich brauchen nicht viel, und zum Leben haben wir allemal genug. Wir haben euch auch noch nie um Geld gebeten, wenn mich nicht alles täuscht», erwiderte Laura und wandte sich ab.

Martine warf ihrem Mann strafende Blicke zu und bemühte sich gleichzeitig, die angespannte Stimmung mit einem neuen Thema aufzulockern. «Und ihr habt jetzt eine Katze?»

«Ja, eine Siamkatze. Wenn ihr uns das nächste Mal in Paris besuchen kommt, werdet ihr sie sehen», antwortete Laura und klang gleich ein wenig freundlicher.

«Gern. Wir können ja am Telefon noch einen Termin ausmachen. Apropos, wann werdet ihr euch eigentlich ein richtiges Telefon anschaffen?», fragte Martine weiter.

«Ein Festnetz? Wozu? Wir haben doch unsere Handys. Und außerdem sind wir kaum zu Hause.»

«Es wäre aber praktischer, um euch zu erreichen. Wenn wir eines Tages zufällig in eurer Gegend sind und nur mal kurz hallo sagen wollen. Zum Beispiel –»

«Na ja, die Chancen, dass wir euch noch oft besuchen kommen, sind sowieso gering», schnitt Jacques ihr das Wort ab. «Nicht, dass ich keine Tiere mag, aber ich bin total allergisch gegen Katzen.»

«Dann geht es dir wie mir!», konterte Laura. «Es ist nicht so, dass ich euer Gemüse nicht mag, aber ich bin total allergisch gegen Pestizide. Gegen Sulfite im Wein im Übrigen auch. Davon juckt mir immer die Nase, dass es kaum zu ertragen ist.»

Jacques' eigene Nase war in dem Moment so gestrichen voll gewesen, dass Laura gut daran getan hatte, den Rest des Abends in der Küche zu verbringen und ausgiebig das Obst und Gemüse für ihr mageres Weihnachtsessen abzuschrubben, weil es leider nicht bio war. Als sie danach auch noch den gesamten Abwasch erledigte, um sich im Wohnzimmer nicht weiter verhören lassen zu müssen, war das Kind ohnehin längst in den Brunnen gefallen.

Im Vergleich zu Stéphanies denkwürdigem Weihnachten war der Abend für Laura also vergleichsweise ruhig gewesen, zumindest bis Jacques' Brüllen durchs Haus geschallt war, nachdem sich alle zum Schlafen zurückgezogen hatten. «Ah! Hilfe! Es ist eiiiiiskalt! Ich fass es nicht, diese Ökotante hat das gesamte warme Wasser für ihr Gemüse verbraucht. Ich bin mir sicher, dass sie das absichtlich gemacht hat!»

«Psssst, Jacques, alle können dich hören. Dann duschst du eben morgen früh, wenn wieder genug warmes Wasser da ist», hatte Martine ihn zu beschwichtigen versucht.

«Und wie krieg ich jetzt das Shampoo aus den Haaren? Nee, also wirklich, die kann doch nicht einfach das gesamte warme Wasser verbrauchen!»

Am nächsten Morgen war Laura nach Paris zurückgefahren, noch ehe Jacques überhaupt aufstand. Martine war sich nicht sicher gewesen, ob sie erleichtert oder enttäuscht sein sollte – und ob Laura je wieder einen Heiligen Abend bei ihnen verbringen würde.

Für jeden Topf ein Deckel

Martine war mit dem Abend zufrieden. Mit Nicolas' neuer Freundin war alles glatt gegangen. Gut, dass sie Jacques vorher eingenordet hatte. Seine bissigen Bemerkungen hatte er sich fast völlig verkniffen. Und selbst als sich Jeanne dazu bekannte, beim Fußball für Olympique Marseille und nicht für Stade Rennes zu sein, bekam sie nicht zu hören, dass jeder mal Fehler mache – ein Spruch, auf den man sich bei Jacques sonst stets verlassen konnte. Auch gegenüber Stéphanie und Laura hatte er den Schein gewahrt. Weitgehend jedenfalls ...

Kaum dass sie in ihrem Zimmer im Bett lagen, setzte sich Laura jedoch wieder auf und schaltete das Licht an. «Kannst du mir das bitte erklären?», fragte sie Alexandre.

«Was denn? Was habe ich jetzt schon wieder verbrochen?», fragte er ratlos.

«Na, das mit dem Geschenk von deinem Vater! Sollte das eine Anspielung sein, oder wie?»

«Welches Geschenk meinst du überhaupt?»

«Das Buch über Monsanto.»

«Nein, Quatsch, du bist paranoid.»

«Er hat es eindeutig auf mich abgesehen! Sonst hätte es nicht noch einmal Rehbraten und *Foie gras* gegeben. Wenn ich könnte, würde ich mich zwingen, mir das Zeug runterzuwürgen, um ihm dann alles auf sein zu enges Hemd zu kotzen.»

«Ach hör auf, du siehst das viel zu negativ, *Chérie*.»

Ein Stockwerk darunter hatten sich auch Jacques und Martine nach einem anstrengenden Tag endlich hingelegt. «Bei einer Sache bist du aber doch ein bisschen zu weit gegangen, Jacques. Das Geschenk für Stéphanie, das war echt hart.»

«Aber irgendjemand muss es ihr doch sagen, wenn sie meint, alle dauernd anbellen zu können. Im Moment ist es noch schlimmer, nur weil sie wieder schwanger ist und frustriert. Und außerdem haben Rottweiler auch ihre guten Seiten ...»

«Ja, aber trotzdem hättest du auch etwas anderes als ein Buch für sie aussuchen können. Bei Büchern glauben sicher immer alle, dass sie von mir sind. Und was hast du jetzt für Laura besorgt? Das habe ich gar nicht mitbekommen.»

«Ein Buch über den Nutzen von Pestiziden.»

«Das geht ja noch. Und Jeanne, gab's für sie auch ein kleines Buch als Willkommensgruß? Sie ist doch eigentlich trotz allem ganz sympathisch.»

«Jeanne? Nein, die hat eine CD gekriegt, so ein personalisiertes Geschenk muss sie sich erst verdienen», antwortete Jacques mit einem verschwörerischen Lächeln. «Aber wieso ‹trotz allem›?»

«Weil unser Nicolas mit seinen Wutausbrüchen nicht ganz leicht zu ertragen ist. Da hätte es auch gut sein können, dass er mit irgend so einer Verrückten hier auftaucht, es wäre nicht das erste Mal. Aber heute Abend hat er sich gut benommen. Wäre ja zu schön, wenn er mit Jeanne endlich die Richtige gefunden hätte! Und hübsch ist sie auch noch. Rote Haare, das ist mal was Neues», seufzte Martine schläfrig.

«Allerdings hört man ihr sofort an, dass sie aus Marseille stammt, das finde ich schon problematisch», gab Jacques neben ihr noch zu bedenken. «Das muss doch auch in ihrem Beruf als Sommelière hinderlich sein. Wie soll sie mit diesem Ost-Dialekt glaubhaft einen Bordeaux empfehlen?»

«Hör auf, dich über ihren Dialekt aufzuregen, und mach jetzt die Augen zu. Morgen Vormittag müssen wir noch mit ihnen überstehen, und auch dann verhältst du dich bitte mustergültig.»

Draußen im Garten genossen Jeanne und Nicolas derweil die Ruhe. Sie teilten sich eine Zigarette und beobachteten die Fledermäuse beim Fliegen. «Sag ihnen bitte, dass ich Lesen hasse», flehte Jeanne ihren Freund an. «Stéphanie und Laura haben beide Bücher bekommen, die total daneben sind. Im Ernst, Nicolas, ich würde gern vermeiden, den Tag nach Weihnachten auf eBay verbringen zu müssen, um meine Geschenke wieder zu verkaufen. Ich hoffe, deine Mutter nimmt es mir nicht übel. Sie ist doch Buchhändlerin, oder?»

Erst denken, dann reden

Die Nacht hatte sich alles andere als erholsam gestaltet. So groß war das Haus nun auch wieder nicht und außerdem kaum schallisoliert. Paul und Jules hatten also, wenn auch unabsichtlich, immer wieder alle anderen geweckt, weil sie regelmäßig fragten, ob es nicht endlich Zeit für die Geschenke sei. Und nun saßen Stéphanie, Antoinette, Martine, Laura und Jeanne um 7.30 Uhr im Pyjama und mit jeweils einer Tasse Kaffee vor sich um den Tisch und beobachteten durch das Fenster die beiden Jungen, die dick eingemummelt mit ihrem neuen ferngesteuerten Hubschrauber im Garten spielten.

Der Abend und die Nacht steckten den Frauen noch in den Gliedern – und im Magen. Laura, die wegen Letzterem kein Aufhebens machen wollte, begann lieber, gemeinsam mit Martine die Schränke auszusortieren. Ihre Schwiegermutter hatte ihr erlaubt, abgelaufene Konserven wegzuwerfen. Jeanne, die normalerweise gern ausschlief und absolut kein Morgenmensch war, versuchte, ihren Kopf langsam mit dem Kreuzworträtsel aus *Le Monde* in Gang zu bringen. Als sie auch das zwölfte Wort nicht wusste, versuchte sie es stattdessen mit dem Sudoku. Stéphanie wurde ihrem Ruf als Helikopter-Mutter gerecht und hing am Babyphone, um ja kein Wort von dem zu verpassen, was die Kleinen draußen beim Spielen mit dem Hubschrauber von sich gaben.

Einzig Antoinette schien ausgeschlafen und entspannt, während sie, in ihre Lektüre vertieft, «Marie-Jeanne» von Michel Sardou summte. «Ich lese ja nur noch *Le Point*. Da kriegen alle Politiker ihr Fett weg, egal ob rechts oder links. Und das tut manchmal so richtig gut! Und ihr, was lest ihr, um euch zu informieren?»

Wie Komplizinnen sahen sich die drei Schwiegertöchter an und lächelten ein wenig verlegen. Politik war eindeutig nicht ihre Sache. Sie überlegten noch, wie sie sich geschickt aus der Affäre ziehen könnten, als ein Hund in den Garten geprescht kam und begann, vor den Jungen auf und ab zu springen, um an den Hubschrauber zu gelangen.

«Tante Laura! Da ist ein stinkender Hund, der uns unseren Heli klauen will. Komm schnell!», riefen Paul und Jules durcheinander.

Laura ging hinaus und näherte sich dem Hund. «Wie heißt du denn, mein Guter? Die beiden haben recht, du riechst nicht besonders angenehm.» Sie streichelte ihn und stellte, nachdem sie ihn sich genauer angesehen hatte, fest, dass er nicht nur kein Halsband trug, sondern auch keine Kennzeichnung im Ohr hatte. Daraufhin steckte sie den Kopf durch die offene Terrassentür herein und teilte den anderen Frauen mit, sie würde eine Runde durch die Nachbarschaft drehen und versuchen, die Eigentümer zu finden.

Drei Stunden später kehrte sie zurück, noch immer mit dem Hund im Schlepptau. Immerhin hielt sie ihn inzwischen an einer Leine, und er trug ein Halsband.

«Du warst aber lange unterwegs, *Chérie*. Hast du den Besitzer gefunden?», erkundigte sich Alexandre.

«Nein, Mission impossible. Die Nachbarn sind alle verreist. Und es ist fast unmöglich, am 25. Dezember einen Tierarzt zu finden, der Dienst hat. Außerdem hat es ein Vermögen gekostet. Aber nun ist er zumindest geimpft und hat Herrchen und Frauchen. Und einen Namen. Darf ich vorstellen: Jack!»

Der Rest der Familie, der sich mittlerweile geschlossen im Garten versammelt hatte, drehte sich zu Jacques um. Ebenso wie Antoinette summte dieser jedoch vor sich hin und schien die Anspielung auf seinen eigenen Namen nicht bemerkt zu haben.

«Wollt ihr den Hund etwa behalten? Vielleicht sucht ihn ja jemand», beendete Nicolas nach einer Weile das betretene Schweigen. «Außerdem ist er alles andere als schön. Irgend so eine Promenadenmischung, oder?»

«Und ich möchte zu bedenken geben, dass eure Wohnung winzig klein ist und ihr bereits eine Katze habt! Die werden sich wie wild bekriegen», meldete sich jetzt auch Jacques zu Wort, wofür er umgehend einen bösen Blick von Laura erntete.

«Was ist eine Pomadenmischung?», wollte Paul wissen. «Ist das ein Schimpfwort?»

«Nein, das ist kein Schimpfwort, und er ist auch keine Promenadenmischung», stellte Laura klar. «Er ist ein Jack Russell Terrier. Ein Rassehund. Und die abschätzigen Bemerkungen könnt ihr euch sparen. Es ist beschlossene Sache: Wir nehmen ihn mit zu uns nach Paris. Der Arzt hat bestätigt, dass er gesund ist und gemeinsam mit einem anderen Tier in einer Wohnung leben kann. Also werden wir das Abenteuer wagen. Und für den Fall, dass seine alten Besitzer ihn suchen, habe ich meine Kontaktdaten bei dem Tierarzt hinterlegt.»

«Gut, dann lass uns fahren», drängte Alexandre. «Wenn wir noch rechtzeitig zum Mittagessen bei deinen Großeltern sein wollen, müssen wir jetzt los. Wir haben gestern Abend wirklich zu viel gegessen ... Ich habe überhaupt keinen Hunger.»

«Wir werden uns auch auf den Weg machen», schloss sich Nicolas an. «Es war sehr nett. Vielen Dank noch mal für alles, Mama. Du hast uns mal wieder verwöhnt. Ich sag dir noch Bescheid, ob wir im Februar mit zum Skifahren kommen. Normalerweise ja. Papa, bis bald?»

«Ihr fahrt auch schon, du und Marie?», fragte Jacques, und alle erstarrten.

Jeanne riss die Augen auf, und Martine senkte den Blick auf ihre Füße, während Jacques noch einmal überdachte, was er gerade gesagt hatte. *Marie* ...

Niemand wagte zu sprechen. Das Schweigen, das jetzt herrschte, war rekordverdächtig unangenehm, bis Nicolas einmal mehr als Erster seine Stimme wiederfand. «Ja, Jeanne und ich müssen los. Ciao allerseits.»

Sie waren noch nicht aus dem Tor, als Jeanne ihren Freund anschrie: «Marie? Ich dachte, sie wäre nur *eine* Freundin. Aber du hast sie deinen Eltern vorgestellt? Wie viele hast du denn hier schon angeschleppt? Soll ich eine Nummer ziehen, Nicolas …?»

«Hör auf, Jeanne, das ist lächerlich. Du bist auf dem völlig falschen Dampfer. Das war wegen des Liedes, das wir gestern Abend die ganze Zeit gehört haben. Da ist er wohl durcheinandergekommen. Er ist ja auch nicht mehr der Jüngste!»

«Veräppeln kannst du dich allein, Nico. Gleich wirst du mir noch eröffnen, dass dein Vater Alzheimer hat. Fass mich nicht an. Du kannst bleiben, wo der Pfeffer wächst, und mit dem Zug zurückfahren.»

Im Garten applaudierte Matthieu unterdessen seinem Vater. «Bravo, Papa, das war stark! So was hätte ich eher von Mama erwartet, aber damit hast du dich echt selbst übertroffen. Es war ziemlich glaubhaft … Wenigstens ein Mal hättest du dich zurückhalten können. Aber nein. Es fehlte nur noch die Verabschiedung, und dann schaffst du es in letzter Minute doch noch, alles kaputtzumachen. Schade, Jeanne schien wirklich nett zu sein.»

Plötzlich hörten sie ein Scheppern über sich. Jacques

blickte auf und sah, wie Stéphanie, an dem Geländer rüttelte, das sich vor dem Fenster im ersten Stock befand.

«Das Ding wackelt, Jacques! Das ist nicht mehr sicher. Irgendwann hat es jemand in der Hand oder schlimmer noch ...»

Jacques verdrehte die Augen. *Musste sie immer den Teufel an die Wand malen ...*

«Bei der Versicherung hatten wir mal einen ähnlichen Fall. Mit dem Ergebnis, dass ein Kind aufgrund dieser Nachlässigkeit nun querschnittsgelähmt ist! Ich weiß, dass du das Haus mit deinen Leuten selbst renoviert hast, aber vielleicht ist es manchmal eben doch besser, richtige Profis ans Werk zu lassen. Soll ich dir einen Handwerker organisieren, oder willst du es selbst in Ordnung bringen? Bis sich jemand darum gekümmert hat, lasse ich meine Kinder jedenfalls nicht mehr in diesem Zimmer schlafen. Ehe wir fahren, prüfe ich auch noch, wie es bei den anderen Fenstern aussieht.»

Stéphanies Kopf verschwand wieder im Haus. Als Jacques Matthieus spöttisches Lächeln sah, seufzte er: «Hör auf zu lachen, du Idiot, und geh deiner schwangeren Frau mit den Koffern helfen. Am besten, bevor sie alle Fenster auseinandernimmt. Ich weiß ja nicht, was sie da oben noch macht, aber deine Kinder werden noch vor Hitze umkommen, wenn ihr nicht bald losfahrt!» Er drehte sich zu den beiden Jungen um, die in ihren dicken Daunenjacken aussahen wie Michelin-Männchen.

«Ich wiederhole es jetzt noch ein einziges Mal, Papa», warnte Matthieu. «Falls dir daran gelegen sein sollte, es dir nicht noch mit einer weiteren deiner Schwiegertöchter endgültig zu verscherzen: Sie ist nicht schwanger!»

Endlich Ruhe!

Warm eingemummelt und mit Sonnenbrillen auf den Nasen lagen Jacques und Martine nebeneinander auf Liegestühlen im Garten und genossen die herrlich strahlende Wintersonne.

«Ah, endlich Ruhe!», seufzte Jacques.

«So lieb wir sie alle haben, besonders die Kleinen, so schön ist es doch, wenn sie wieder abfahren», stimmte Martine ihm zu. «Ich bin total erledigt und froh, dass ich noch ein paar Tage freihabe. Am liebsten würde ich gar nicht mehr aus diesem Stuhl aufstehen. Magst du mir vielleicht einen Gefallen tun und drinnen Teewasser aufsetzen?»

«Gibt es heute etwa gar nichts zum Mittagessen? Es ist fast zwei Uhr, Martine.»

«Ich fühle mich nicht so gut und habe überhaupt keinen Hunger. Hol du dir doch ein Stück Braten aus dem Kühlschrank. Von dem Lachs und der *Foie gras* ist auch noch was da. Aber übertreib es nicht. Ich habe gesehen, wie du dir gestern *zwei Mal* nachgenommen hast! Dabei finde ich, du könntest dir ein bisschen mehr Mühe geben, nicht zehn Jahre vor mir zu sterben.

Ich bin nämlich nicht sonderlich erpicht darauf, meinen Ruhestand allein zu verbringen.»

Nachdem Jacques mit einem Teller kalten Braten, Senf und Brot aus der Küche zurückgekehrt war, schnitt sie das nächste Thema an: «Das war ja wieder ein schöner Bock, den du da geschossen hast!»

«Sei du mal ganz still! Wer verwechselt denn dauernd die Vornamen unserer eigenen Söhne und ihrer Partnerinnen?»

«Ja, aber das passiert mir nie *vor ihnen*», verteidigte sich Martine.

«Tja, irgendwann ist immer das erste Mal. Und für Jeanne war es eben eine Art Feuertaufe. Wenn sie die besteht, wird sie auch in unserer Familie bestehen. Denn das wird nicht der letzte Fauxpas gewesen sein. Und eine, die nicht so empfindlich ist, wäre mal eine angenehme Abwechslung. Weder mit Stéphanie noch mit Laura kann man lachen, weil sie sich gleich über jede Kleinigkeit aufregen.»

«Über jede Kleinigkeit? Nach dem, was du dir bei den beiden schon alles geleistet hast, kann man verstehen, warum sie dir gegenüber Vorbehalte haben.»

Martine beobachtete, wie Jacques die beiden Bratenscheiben mit wenigen Bissen verschlang, ehe er sich wieder auf dem Liegestuhl ausstreckte, um zu verdauen. «Was machen wir denn jetzt an Silvester?», fragte sie dann. «Hast du dir das Restaurant in Saint-Malo angeschaut, von dem ich dir erzählt habe? Soll ich reservieren? Und dann gibt es da noch diese Kunstausstellung. Ich würde gern hingehen und dort meine Bilder anbieten, fürs nächste Mal. Jacques, hörst du mir überhaupt zu?»

Jacques hatte *Le Monde* aufgeschlagen, um, wie jeden Tag, das Kreuzworträtsel darin zu lösen. «Ja, ja, aber ich weiß noch nicht», antwortete er geistesabwesend, nicht zuletzt, weil er in diesem Moment feststellte, dass sich schon jemand an dem Rätsel versucht hatte, wenn auch mit wenig Erfolg. «Wer auch immer hier schon in *meiner* Zeitung am Werk war, solche halben Sachen kann ich gar nicht ab! Und dazu noch so viele Fehler! Überall ist was durchgestrichen. Damit kann man nichts mehr anfangen. Für ‹Alt-Sängerin› steht hier ‹Madonna›. Das ist nicht nur albern, sondern außerdem zu kurz! Es muss ‹Altistin› heißen. *Mon dieu!* Was hast du gesagt, Martine?»

«Silvester? Saint-Malo? Reservieren?»

«Warte lieber noch. Du weißt, dass die Jungs auf der Baustelle auch über die Feiertage arbeiten. Die werden mich sicher brauchen. In der letzten Woche haben sie dauernd angerufen. Ohne mich sind die vollkommen verloren, und dieser neue Grünschnabel kann sich einfach nicht durchsetzen.»

«Jacques, du solltest mal die Füße hochlegen. Das haben deine Jungs dir auch gesagt. Du bist schon seit einer Weile ziemlich gereizt, und in einem Jahr gehst du in Rente. Sie müssen lernen, ohne dich zurechtzukommen. Und du ohne sie. Jetzt brauche *ich* dich mal! Um mit dir gemeinsam etwas zu unternehmen.»

«Das können wir doch dann immer noch machen», entgegnete Jacques.

«Ja, aber die Zeit vergeht viel zu schnell. Das macht mir Angst, wir nutzen sie nicht genug, um zu zweit oder mit der Familie etwas zu erleben, solange wir noch fit und gesund sind.»

«Moment, sie waren doch alle gerade erst bei uns. Nun lass mal gut sein!»

«Ich meine es ernst, Jacques. Ich ertrage es nicht mehr, dass wir uns dauernd mit ihnen streiten. Dafür sind sie uns doch zu wichtig. Mir zumindest.»

«Mir auch, *Chérie*! Mir auch. Dein Tee müsste übrigens fertig sein. Ich hol ihn dir.» Mit einer dampfenden Tasse kehrte Jacques zurück und küsste Martine auf die Stirn.

«Weißt du», fuhr sie fort und trank einen Schluck heißen Tee, «seit Papas Tod komme ich mir oft vor wie eine Comicfigur, die über dem Abgrund rennt und erst fällt, als sie merkt, dass unter ihr nichts ist. Aber dieser fatale Sturz ist unausweichlich.»

«Was redest du denn da für einen Unsinn, Martine? Halluzinierst du? Habe ich etwa den Kräutertee mal wieder mit dem getrockneten Salbei verwechselt?»

Dicke Luft

Müde saßen Martine und Jacques vor dem Fernseher auf dem Sofa und sahen zu, wie sich Pseudo-Promis gegenseitig ein frohes neues Jahr wünschten. Wie immer hatten sie letztlich am Silvesterabend nichts unternommen. «Dabei geht es doch sowieso nur um Geschäftemacherei. Auf so was fallen bloß die Dummen rein», hatte Jacques entschieden, um sich jeglicher Aktivität zu entziehen. Und wie jedes Jahr piepten ihre Handys so oft wie sonst nie, weil Nachrichten von ihren Söhnen eintrafen.

«Und, welche guten Vorsätze hast du für das neue Jahr, Jacques?», fragte Martine, während sie sich erhob und nach dem Essenstablett griff, das noch auf dem Wohnzimmertisch stand.

«Geh mal ein Stück zur Seite, ich sehe nichts. Gute Vorsätze? Das ist doch albern. Wir hatten noch nie gute Vorsätze fürs neue Jahr, was soll die Frage?»

«Ich hätte einen für dich. Sogar mehrere. Vor allem solltest du besser auf dich selbst achtgeben. Bitte fang *endlich* an, dein Cholesterin im Blick zu behalten und deinen BlackBerry dafür mal liegen zu lassen. Außerdem würde es uns guttun, mal gemeinsam wegzufahren, nur wir zwei, anstatt mit der ganzen Bagage im Februar ins Chalet in den Bergen. Ich würde zu gern zum Karneval nach Venedig. Was hältst du davon?»

«Ach, sonst nichts weiter? Aber du weißt schon, dass das nicht allein von mir abhängt? Es kann jederzeit sein, dass ich auf eine Baustelle gerufen werde. Und nun setz dich wieder. Sie verkünden gleich die Stilblüte des Jahres.»

«Die ist mir so was von egal.»

«Du machst dir die kleinen Freuden des Lebens wirklich selbst kaputt, Martine!»

«Das musst du gerade sagen! Du wolltest ja nicht einmal die Hochzeit von Kate und William sehen. Und was ist jetzt mit dem Karneval in Venedig? Buchen wir?»

«Ich kann nicht. Ich werde hier gebraucht.»

«Jacques, hör endlich auf, dir beweisen zu wollen, dass du unersetzlich bist. Hör auf mit den endlosen Überstunden. Das ist kein Wettbewerb, für den man am Ende eine Medaille kriegt. Du erlegst dir dieses mörderische Pensum selbst auf, und das macht mir Angst. Ist dir aufgefallen, wie sehr du abgenommen hast? Merkst du gar nicht, dass du kaum noch schläfst und viel zu zynisch geworden bist?»

«Noch zynischer als sonst?», fragte Jacques sarkastisch.

«Ich meine es ernst. Du musst es endlich einsehen und darfst dir nicht ständig selbst etwas vormachen:

Jacques der Große ist nicht mehr. Der leitende Ingenieur, vor dem alle auf der Baustelle gekuscht haben, ist Vergangenheit. Jetzt musst du an dich denken, an deinen Ruhestand.»

Jacques schüttelte den Kopf, um seiner Frau zu verstehen zu geben, dass sie Unsinn redete, doch Martine blieb beharrlich. «Ich mache mir ernsthaft Sorgen um dich. Du nimmst deine Gesundheit zu sehr auf die leichte Schulter. Außerdem sieht es im Moment ganz danach aus, als wären wir deinetwegen bald mit unseren Söhnen und Schwiegertöchtern derart zerstritten, dass ich meine Enkelkinder kaum noch zu sehen bekomme. So habe ich mir mein Leben im Alter wirklich nicht vorgestellt.»

«War's das? Bist du fertig? Das neue Jahr hat gerade erst angefangen, und du bist jetzt schon ziemlich anstrengend, Martine! Was ist bloß los mit dir? Gehen die Wechseljahre in die zweite Runde? Du weißt genau, dass es für mich nicht leicht ist, mich loszueisen. Im Februar kann ich auf keinen Fall weg, das steht schon mal fest. Wir bleiben also hier.»

Martine war mit den Nerven am Ende und machte sich mit der halbleeren Weinflasche auf den Weg in die Küche, blieb aber noch einmal stehen. «*Kannst* du nicht, oder *willst* du nicht? Ich habe einfach keine Lust mehr darauf, dass du nie etwas unternehmen möchtest! Ständig bremst du mich aus. Wann geben wir das Geld endlich aus, das wir zur Seite gelegt haben? Manchmal komme ich mir vor, als wären wir schon tot.

Wir sitzen nur noch hier im Wohnzimmer und machen gar nichts. Du klebst an deinem Haus wie eine Muschel am Felsen. Aber selbst darum kümmerst du dich nicht, das Haus verfällt nämlich langsam, falls du es noch nicht bemerkt hast. Und ist dir schon aufgefallen, dass es hier drinnen kaum mal wärmer als sechzehn Grad wird? Die Vorstellung, meinen Ruhestand in diesem eisigen Loch zu verbringen, deprimiert mich bereits jetzt: Es ist kalt, der Himmel ist trübe, wir öden uns an, und man hört nichts als das Ticken der Uhr, wenn du nicht gerade den Fernseher viel zu laut stellst, um dich nicht mit mir unterhalten zu müssen.»

«Ist ja gut, bist du nun endlich fertig? Zieh dir doch einen Pulli an, wenn dir kalt ist. Ich fühle mich wohl so!»

«Aber ich trage schon zwei Pullis. Hast du mal die Hand ans Fenster gehalten? Man spürt den Luftzug richtig. Und dein Deko-Kamin wärmt überhaupt nicht. Wie kann man dich nur dazu bringen, hier endlich doppelt verglaste Fenster einbauen zu lassen? Muss ich mir erst eine Lungenentzündung holen? Aber was um dich herum passiert, ist dir ja sowieso vollkommen egal! Du weißt nicht einmal, dass ich letzte Woche wieder bei der Arbeit zusammengebrochen bin und ins Krankenhaus musste. Zum Glück war mein Kollege Daniel für mich da.»

Jacques war bestürzt, das hatte er tatsächlich nicht mitbekommen. Er wollte Martine in den Arm nehmen, doch sie ließ es nicht zu.

«Und um deine Frage zu beantworten», fuhr sie stattdessen fort. «Nein, ich bin noch nicht fertig mit den guten Vorsätzen. Ich möchte auch, dass du ein bisschen auf *mich* achtgibst.»

Unwillkürlich verdrehte Jacques die Augen, während er nach dem Handy griff, das gerade klingelte.

«Siehst du, du ergreifst die erstbeste Gelegenheit, dich von mir abzuwenden», jammerte Martine so laut, dass sie sogar das Klingeln übertönte.

«Das ist *dein* Handy, Martine. Meine Mutter ruft dich an.»

Sie schnappte sich das Handy und holte tief Luft, um so ruhig wie möglich zu klingen. «Guten Abend, Antoinette. Ja, alles in Ordnung. Dir auch ein frohes neues Jahr! Nein, nichts Besonderes, und du? Hmm. Na, das hört sich ja nach einem wirklich netten Abend an.» Martine warf ihrem Mann einen vorwurfsvollen Blick zu. «Ob wir was? Ob wir dich nächsten Sonntag zu Matthieu mitnehmen können, für den Dreikönigskuchen?» Ihr Blick wurde regelrecht tödlich. «Ja, natürlich fahre ich, und du kannst mitkommen. Nein, Jacques wird nicht dabei sein. Er muss arbeiten. Gegen halb elf dann. Alles klar, bis Sonntagvormittag, Antoinette.» Sie hatte kaum aufgelegt, als ihr die Tränen in die Augen schossen. «Sogar deine Mutter ist bei unserem Sohn eingeladen, nur wir nicht!», klagte sie. «Du hast deine Schwiegertöchter derart verärgert, dass sich nun alle von uns abwenden. Ich hab mir ja gedacht, dieses Schicksal würde uns bald drohen, aber es ist bereits passiert. Und das Schlimmste daran ist: Jetzt fühle ich mich auch noch schlecht, weil ich zu meinem Sohn fahre, ohne dort eingeladen zu sein. Aber ich warne dich, dein unmögliches Benehmen wird mich nicht hindern, Zeit mit meinen Enkeln zu verbringen. Und denk nicht mal daran, dich einzumischen.» Sie war frustriert und wollte nur noch schlafen gehen, drehte sich am Fuß der Treppe aber noch einmal um. «Und selbst deine Mutter hat heute Abend etwas unternommen!», schimpfte sie. «Du bist wirklich ein lahmer alter Sack, Jacques. Gute Nacht.»

Vor der eigenen Haustür kehren

Noch im Auto hatte Martine ein schlechtes Gewissen, weil sie bei ihrem Sohn angerufen und sich selbst eingeladen hatte. Zwar hatte Matthieu ihr versichert, dass sie willkommen sei, aber sie glaubte nicht, dass er es ganz ehrlich meinte, zumal sie schnell das Gefühl hatte zu stören, wenn sie bei ihm und Stéphanie zu Besuch war. Wie ein Eindringling in ihrer Höhle kam sie sich dann oft vor.

Die beiden waren seit elf Jahren zusammen und hatten ihre Eigenheiten. Sicher, sie waren ein Paar der sogenannten neuen Generation, dennoch konnte sich Martine bisweilen des Eindrucks nicht erwehren, Matthieu sei zu nachgiebig und Stéphanie nutze ihn aus, um so wenig wie möglich selbst machen zu müssen. Doch es war ihr Leben, und Martine war sicher nicht in der Position, das zu verurteilen – dann müsste sie erst einmal vor der eigenen Haustür kehren.

Stéphanie und Matthieu hatten sich bei der Arbeit kennengelernt. Sie war in einer Versicherung tätig und er als Immobilienmakler. Seit einigen Jahren lebten sie gemeinsam in einem Vorort südwestlich von Paris, in

Boulogne-Billancourt, wo sie eine sehr schöne Wohnung gefunden hatten – ausreichend weit entfernt von den Schwiegereltern, um sich mit den Enkeln nur in den Ferien blicken lassen zu müssen.

«Wirklich schade, dass Jacques seine Arbeit wichtiger ist, als mit uns zu kommen. Wer arbeitet heutzutage eigentlich noch sonntags? Ist das überhaupt legal, Martine?» Antoinette hatte seit mehreren Minuten auf dem Beifahrersitz einen Monolog gehalten, weshalb Martine nicht sofort merkte, dass sie ihr eine Frage gestellt hatte.

«Ich weiß es nicht. Ich hoffe, ja, sonst würde ich anfangen, mir Sorgen zu machen, wenn man bedenkt, wie viele Wochenenden er schon behauptet hat, arbeiten zu müssen», antwortete Martine und lachte ein wenig gequält.

«Wer wird denn heute eigentlich da sein? Jeanne und Nicolas? Sind die beiden noch zusammen?»

«Um ehrlich zu sein, weiß ich nicht mehr als du. Oft bist du sogar besser informiert als ich.»

Als sie in Boulogne-Billancourt ankamen, war es eiskalt. Sie hielten vor einem Bistro und aßen dort ein Sandwich, ehe sie um Punkt zwei Uhr mit einem Topf rosafarbener Winterheide und einer Flasche Cidre im Arm bei Stéphanie und Matthieu klingelten.

Matthieu öffnete ihnen und umarmte sie beide herzlich. Er schien sich aufrichtig über ihr Kommen zu freuen. Stéphanie war auf dem Sofa sitzen geblieben, wo sie sich mit Laura unterhielt. Sie war merklich runder geworden. Im Hintergrund lief Jean-Jacques Goldman, und von irgendwoher war Alexandres Stimme zu hören, der mit seinen Neffen Captain Hook spielte. Während Matthieu mit Martines Hilfe auf dem Tresen, der die Küche vom Wohnbereich trennte, Platz für die Heidepflanze machte, teilte er seiner Mutter mit, dass Jeanne und Nicolas heute arbeiten müssten und deshalb nicht kämen, anscheinend jedoch noch zusammen wären.

Martine nickte nur und ging dann mit festem Schritt auf ihre beiden anwesenden Schwiegertöchter zu. «Hallo, meine Lieben. Wie geht es dir, Stéphanie? Nein, bleib sitzen, ich komme schon zu dir.»

«Ich fühle mich ziemlich schlapp. Bei der Arbeit war schon wieder viel los. Und wie ist's bei dir?»

«Mir geht es sehr gut. Ein bisschen viel Regen in den letzten Tagen, aber ich hoffe, dass es bis zu unserem Skiurlaub noch ein bisschen kälter wird und der Regen in Schnee übergeht.»

Stéphanie und Laura sahen sich vielsagend an, während Matthieu anbot, Tee zu kochen. «Es gibt Zitrone, Pfefferminz, grünen oder schwarzen Tee. Früchtetee habe ich leider im Moment nicht. Wonach steht euch der Sinn?»

«Für mich gern einen Zitronentee», bestellte Martine.

«Für mich auch», riefen Antoinette und Laura im Chor.

«Und Früchtetee gibt's nicht mehr?», hakte Stéphanie enttäuscht nach. «Darauf hätte ich jetzt richtig Lust gehabt. Schade, dann nehme ich gar keinen.»

Als Matthieu mit einem Tablett voller dampfender Tassen zurückkehrte, lächelte er triumphierend. «Frag mich nicht, wie ich es gemacht habe, *Chérie*, aber ich habe doch noch einen Beutel Früchtetee gefunden. Hier ist deine Tasse. Achtung, heiß.»

Stéphanie wollte ihm gerade danken, als ihr das Zitronenaroma in die Nase drang, das aus den anderen Tassen aufstieg. «Jetzt reizt mich doch eher der Zitronentee», gestand sie und verzog schmollend den Mund – ein Gesichtsausdruck, der Matthieu nur allzu vertraut war.

«Okay, kein Problem, Stéph, ich mach dir schnell noch eine Tasse», bot er wie selbstverständlich an und verschwand wieder in der Küche.

Kurze Zeit später stellte er ihren Tee sowie eine große *Galette des Rois*, den traditionellen Dreikönigskuchen, auf den Tisch, ehe er in Richtung des Kinderzimmers am Ende des Flurs rief: «Paul? Jules? Kommt ihr und begrüßt Oma und Antoinette? Der Kuchen steht auch schon bereit ... Wer will das größte Stück?»

Augenblicklich stürmten die beiden kleinen Jungen herbei. Sich ruhig zu bewegen fiel ihnen immer schwer, und wenn es um Kuchen ging, brachen sie alle Rekorde.

«Hallo, Oma! Hallo, Antoinette!», grüßte Paul eilig. «Kann ich jetzt ein Stück Kuchen haben?»

«Einen Moment noch, Paul», bremste Matthieu, der sich endlich gesetzt hatte. «Jules, wir brauchen dich, um die Stücke zu verteilen. Du musst unter den Tisch kriechen und dann jeden einzelnen Namen rufen, einen nach dem anderen. Okay?»

«Okay», antwortete Jules und war bereits unter dem niedrigen Tisch verschwunden.

«Also, für wen ist das erste Stück?», fragte Matthieu.

«Für Zzules!», antwortete dieser und kam wieder unter dem Tisch hervor, um sich seinen Teller zu angeln.

«Okay, aber bevor du anfängst zu essen, musst du erst noch die anderen Namen sagen. Für wen ist das hier?»

«Weiß nicht ... Zzules?»

Entschlossen, nicht zu warten, bis ihr Urenkel mit dem Unsinn aufgehört hatte, bediente sich Antoinette selbst, nachdem sie sich vergewissert hatte, dass sich die Figur, die immer irgendwo in dem mit Marzipan gefüllten Blätterteiggebäck versteckt war, in ihrem Stück befand. Stéphanie warf ihr einen empörten Blick zu. Matthieu, der seine Großmutter kannte, wusste, was sie zu ihrer Verteidigung sagen würde: «Das ist vielleicht das letzte Mal, dass ich dabei bin, deshalb ist es ja wohl angemessen, wenn ich die Königin werde!» Entsprechend versuchte er, Stéphanie zu beruhigen, indem er ihr zu verstehen gab, dass er das Problem kommen sehen und deshalb vorsorglich gleich drei kleine Figuren in dem Kuchen versteckt hatte.

«Dann ist das letzte Stück also für Oma», sagte er, nachdem er allen anderen serviert hatte. «Worüber hatten wir vorher noch gleich gesprochen? Ach ja, über den Skiurlaub!»

Stéphanie wurde sofort stocksteif.

«Wir haben lange überlegt, Mama», fuhr Matthieu behutsam fort, aber für uns ist die Zeit wahrscheinlich nicht die beste, um Ski fahren zu gehen.»

«Aber warum denn nicht? Das verstehe ich nicht, Weihnachten wart ihr doch noch ganz begeistert. Was hat sich seitdem geändert?»

«Ich habe sie!», verkündete Antoinette stolz und beförderte eine kleine Figur aus ihrem Mund.

Jules und Paul waren am Boden zerstört und kurz davor, in Tränen auszubrechen. «Das bedeutet nicht», erinnerte Stéphanie sie deshalb eilig, «dass in eurem Stück keine Figur ist ... passt beim Essen genau auf und kaut jeden kleinen Krümel.»

«Das kann nicht sein, in der Schule haben sie gesagt, dass es nur eine Figur gibt. Das ist nicht gerecht: Immer kriegt Antoinette sie», jammerte Paul. «Ich bin mir sicher, dass sie schummelt.»

«He Paul, man beschuldigt andere Leute nicht einfach so, und außerdem stimmt das nicht. In großen Kuchen wie unserem können durchaus auch zwei Figürchen sein, manchmal sogar drei», versicherte Stéphanie ihm und sah gereizt zu Matthieu.

«Und warum wollt ihr jetzt nicht mit Ski fahren?», hakte Martine noch einmal nach. «Ist etwas vorgefallen, von dem ich nichts weiß? Ich sehe doch, wie ihr euch gegenseitig Blicke zuwerft. Hat es etwas mit mir zu tun?»

Als sie darauf keine Antwort bekam, hielt Martine es nicht mehr aus und wagte direkt zu fragen: «Oder vielleicht mit Jacques? Wenn er der Grund sein sollte, könnt ihr beruhigt sein, er kommt nämlich dieses Jahr gar nicht mit. Das steht hundertprozentig fest. Er arbeitet.»

Auf der Stelle entspannte sich Stéphanie. «Es ist nicht nur wegen Jacques», gestand sie. «Ich bin erschöpft und auch nicht sicher, ob ich wirklich Lust zum Skifahren habe beziehungsweise mich im Chalet eine Woche um die Kleinen kümmern will. Lieber würde ich sie in den Ferien zu meiner Mutter bringen und eine Woche bei ihr lassen.»

«Aber wir können es ja noch mal überdenken», bot Matthieu an. «Zu Hause fehlt einem irgendwie immer die Motivation, aber wenn man erst einmal angekommen ist, freut man sich doch, dort zu sein, oder? Wir sagen dir Bescheid, Mama. Wie sieht es bei dir aus, Alexandre?»

«Ich war immer dafür. Ihr wart diejenigen, die einen Rückzieher machen wollten. Ich hoffe nur, dass Laura und ich so spontan doch noch Urlaub nehmen können.»

«Ich werde auf jeden Fall fahren», meldete sich Antoinette mit vollem Mund zu Wort. «Aber was ist jetzt eigentlich mit dem Cidre? Trinken wir die Flasche noch dieses Jahr, oder wollt ihr bis zum nächsten warten? Wir sollten nämlich auch nicht allzu spät im Hotel sein, Martine. Nicht, dass ich mich langweile, aber ich würde nur ungern meine Quizshow verpassen ...»

Mit Kanonen auf Spatzen schießen

Als Martine am Montag von ihrem Ausflug nach Paris zurückgekehrt war, hatte Jacques kaum den Blick von der Zeitung gehoben. «Und? War's gut?», hatte er nur gebrummt. «Vierhundert Kilometer für ein Stück Marzipankuchen ... Bin ich froh, dass ich mir das erspart habe.»

Ohne darauf einzugehen, stellte Martine ein für alle Mal klar: «Jetzt reicht's aber, Jacques! Das ist wirklich grenzwertig! An deiner Stelle wäre ich jetzt ganz klein mit Hut. Denn es war tatsächlich deine Schuld, dass wir nicht eingeladen wurden, und deinetwegen wollen die Kinder auch nicht mehr mit uns zum Skifahren ins Chalet kommen.»

«Aber sie können doch fahren! Der Skiurlaub ist mir so was von schnuppe. Hast du ihnen das gesagt?»

«Merkst du nicht, dass das gar nicht das Problem ist? Der Skiurlaub ist nur die Spitze des Eisbergs. Sie sind so weit, dass sie auch Ostern nicht mehr kommen wollen, genauso wenig wie in den Sommerferien und an Weihnachten erst recht nicht. Und ich kann sie sogar verstehen!»

«Wie immer übertreibst du. Wenn sie erst merken, wie teuer es ist, eine Ferienunterkunft zu mieten, werden sie ganz schnell wieder bei uns anklopfen.»

Angesichts von so viel Sturheit wollte Martine nur noch die Tür hinter sich zuwerfen und verschwinden. Allerdings merkte sie, dass ihr Mann nach wie vor den Ernst der Lage nicht erkannt hatte. «Ich fasse die Situation jetzt noch ein letztes Mal für dich zusammen», versuchte sie es deshalb erneut. «Anscheinend begreifst du nämlich wirklich nicht, was man dir sagt, also hör gut zu, ich wiederhole es nur ein einziges Mal. Im Februar fahren die Kinder zum Skilaufen – ohne dich. Das steht fest. Und ich habe dir gesagt, dass ich Lust habe, mit dir zu zweit zu verreisen, ich warte immer noch darauf, dass du etwas organisierst, und sei es nur ein Wochenende. Kannst du mir folgen?»

«Ja, aber ich habe dir doch schon erklärt, dass ich so viel Arbeit –»

«Schh! Lass mich ausreden. Das hast du also verstanden. Was Ostern angeht, werde ich zu Kreuze kriechen und mich in unser beider Namen entschuldigen, wenn es sein muss, aber irgendwie werde ich es schaffen, dass die Kinder einige Tage bei uns verbringen. Das wird deine letzte Chance sein, dich ihnen gegenüber vernünftig zu verhalten. Und es wird auch deine letzte Chance sein, mir zu beweisen, dass du dich um die Dinge bemühst, die ich dir fürs neue Jahr ans Herz gelegt habe.»

«Ist dir die Zeit mit deinen Schwiegertöchtern irgendwie zu Kopf gestiegen?», fragte Jacques.

«Hör auf, die Schuld bei anderen zu suchen. Sie haben nichts damit zu tun. Ich spreche von *dir* und *mir*. Ich habe das Gefühl, für dich unsichtbar zu sein. Du merkst nicht einmal, wenn du zu weit gehst und andere verletzt. Jetzt ist Schluss damit, dass alle nach deiner Pfeife tanzen, Jacques!»

Während sich Martine immer mehr aufregte, hatte Jacques das Gefühl, in einer Blase eingeschlossen zu sein, und nahm ihren Redefluss nur wie einen Stummfilm mit Charlie Chaplin wahr. «Wenn ich mir meine Schwiegertöchter ansehe, bekomme ich sofort Lust, genauso frei zu sein wie sie. Ich würde auch gern einfach aus einer Laune heraus einen Hund adoptieren oder sagen können, dass du dich selbst um etwas zu essen kümmern musst, wenn du Hunger hast. Ich will auch mal ein Glas über den Durst trinken, ohne mich von dir zurechtweisen zu lassen, weil du fürchtest, ich könne etwas Dummes sagen. Ich will nicht mehr länger um Erlaubnis fragen. Und vor allem will ich das Recht haben, nicht immer perfekt sein zu müssen.»

«Hör auf, Martine, das ist doch lächerlich und vollkommen übertrieben.»

«Ich will meinen Ruhestand genießen, ob mit dir oder ohne dich. Wir müssen unseren Lebensabend nicht gemeinsam verbringen, Jacques. Und ich würde gern *jetzt* wissen, wie du dazu stehst, solange ich noch genug Zeit habe, mich neu zu orientieren.»

«Ach, daher weht der Wind. Hast du einen anderen? Daniel? Der Kollege, der dich auf Händen trägt?»

«Hör zu, Jacques. Mein Limit ist erreicht. Und du musst verstehen, dass es so nicht weitergehen kann. Ich brauche Luft. Ich ersticke. Ich habe genug davon, dass man mir vorschreibt, was ich zu tun und zu lassen habe. Erst waren es meine Eltern und dann du. Jetzt ist Schluss! Ab jetzt entscheide *ich*, was *mir* Spaß macht. Und du hast die Wahl, ob du mich dabei unterstützen willst oder nicht, an meiner Entscheidung wird das nichts ändern. Du weißt, wie sehr ich mich über eine kleine Reise mit dir im Februar freuen würde. Wenn du allerdings zu faul bist, endlich mal deinen Hintern hochzukriegen, fahre ich eben ohne dich. Aber überleg dir gut, wie du dir deine letzten Jahre vorstellst. Wenn du noch einmal zu weit gehst, bin ich weg. Und dann behaupte bloß nicht, ich hätte dich nicht gewarnt.»

Nachdem Martine den Raum verlassen hatte, versuchte Jacques, darüber nachzudenken, was sie gerade gesagt hatte, doch in seinem Kopf war nichts als ein langer, schriller Ton wie der eines EKGs bei einem Herzstillstand.

Auf dem Abstellgleis

Jacques hätte niemals geglaubt, dass Martine ihre Drohungen in die Tat umsetzen würde. Nicht einmal, als er den großen Koffer an der Eingangstür stehen sah. Offensichtlich war ihm etwas entgangen. In ihrer Wut hatte sie behauptet, alles hinter sich lassen zu wollen, dann aber doch keine Lust gehabt, allein zu fahren, und beschlossen, stattdessen den Rest ihrer Familie in den Skiurlaub zu begleiten.

Für Jacques kam das nach wie vor nicht in Frage. Erstens streikte sein Knie beim Skifahren immer nach einer Weile. Und zweitens löste er seine Kreuzworträtsel lieber zu Hause in seinem Sessel als im Chalet, wo sie alle aufeinanderhockten.

Dennoch spürte er, dass ihm die Situation entglitt. Noch als Martine das Taxi rief, das sie zum Bahnhof bringen sollte, hoffte er, sie würde ihn in letzter Minute bitten mitzukommen. Doch sie sagte keinen Ton, und als der Wagen kam, zog sie sich den Mantel über, ohne ihn auch nur eines Blickes zu würdigen. Erst in diesem Moment gab er klein bei, weiterhin fest davon überzeugt, ihr damit eine Freude zu machen. «Na schön, du hast gewonnen. Gib mir zehn Minuten, um meinen Koffer zu packen, dann bin ich bereit.»

Martine ließ ihm nicht einmal die Zeit, den Raum zu verlassen. Bedrohlich finster dreinblickend, zeigte sie mit dem Finger auf ihn und herrschte ihn an: «Du bleibst hier! Und untersteh dich, überraschend im Chalet aufzukreuzen. Du bist dort nicht willkommen. Und wenn ich dir einen Rat geben darf: Nutz die Zeit, um über meine Warnung von neulich nachzudenken.» Nach diesen Worten ließ Martine die Haustür mit so viel Schwung hinter sich ins Schloss fallen, dass alle Fenster und Geländer des Hauses schepperten.

Jacques hätte gern noch darauf hingewiesen, dass das Chalet ihm gehöre und er folglich dort hinfahren könne, wann immer es ihm beliebe, aber irgendetwas hatte ihn zurückgehalten, und er hatte es sich lieber verkniffen. Die Vernunft womöglich? Dennoch beschloss er, sie am Abend anzurufen, um sich zu erkundigen, ob sie gut angekommen sei, und um herauszufinden, ob sich ihre Stimmung mittlerweile wieder gebessert hatte.

Sie wollte allein fahren, und er hatte ihr keine Steine in den Weg gelegt. Was konnte er dafür, wenn Martine plötzlich an allem zweifelte? Warum sollte er sich deshalb schuldig fühlen? Sie hatte sogar zugegeben, dass sie schon seit langem selbst nicht mehr auf sich und ihre Bedürfnisse hörte, was ihn ja wohl entlastete, wenn es ums Zuhören ging. Geendet hatte sie mit einem geradezu philosophischen Gedanken: «Ich kann gar nicht sagen, was mir fehlt, aber mir ist bewusst geworden, dass es nicht das Wichtigste ist, die richtigen Antworten zu haben, sondern sich die richtigen Fragen zu stellen.»

Und seine Söhne waren in dieser Sache auch nicht gerade hilfreich gewesen. «Mama hat recht. Lass ihr ihre Freiheit. Aber wenn sie in eine richtige Krise hineinsteuert und sich am Ende noch tätowieren lassen will, um sich nicht so alt zu fühlen, zahl ihr lieber ein Verwöhnprogramm in einem Schönheitsstudio!»

Im Haus war es düster an diesem trüben Tag und Jacques nicht in der Stimmung Musik zu hören, nicht einmal Michel Sardou. Deshalb nahm er sich ein Kreuzworträtsel vor, wusste aber kein einziges Wort. Normalerweise half Martine in solchen Situationen. Jacques legte die Zeitung wieder weg und griff nach dem Krimi, den sie ihm vor einigen Wochen empfohlen hatte. Schon bei der Lektüre des Klappentextes verging ihm die Lust. «Das klingt ja sterbenslangweilig!», stöhnte er.

Und so vergingen Stunden, ohne dass er eine Beschäftigung fand, die ihn ablenkte. Draußen regnete es. Um an den Strand zu fahren und dort mit dem Metalldetektor nach verlorenen Schätzen zu suchen, was er seit Jahren mit großer Leidenschaft tat, waren die Bedingungen also alles andere als ideal.

Außerdem fand er nichts in der Küche, worauf er Appetit hatte. Im Kühlschrank waren nur Reste. Martine hatte nicht einmal für ihn eingekauft. Hungrig setzte er sich wieder ins Wohnzimmer. Und wenn er sie einfach jetzt gleich anrief? Eigentlich müsste sie inzwischen angekommen sein.

Bevor er die Nummer wählte, schaltete er noch das Radio ein. Ein Hintergrundgeräusch wäre gut, sonst glaubte sie noch, er sei ohne sie einsam.

Plötzlich hatte er die Idee des Jahrhunderts. Aber klar doch: Antoinette! Er würde seiner Mutter vorschlagen, einige Tage bei ihm zu verbringen, damit sie ein wenig Gesellschaft hatte.

Sie ging sofort ans Telefon: «Ja hallo, wer ist da?»

«Hallo, Mama, ich bin's, Jacques.»

«Ich verstehe dich nur ganz schlecht. Wir sind gerade mit den Kleinen im Restaurant. Soll ich dir Martine geben?»

«Ähm ... ja, *wo* bist du, Mama?»

Jacques war in dem Moment nicht darauf vorbereitet, mit Martine zu sprechen. Er spürte, wie sein Herz schneller schlug und seine Hände feucht wurden, was lächerlich war. Warum machte er sich so viel Stress? Unwillkürlich stellte er das Radio lauter.

«Hallo? ... Wer ist das überhaupt, Antoinette ...?», hörte er Martines vertraute Stimme fragen.

«Martine? Hier ist Jacques. Bist du gut im Chalet angekommen?»

«Jacques? Ich kann dich kaum verstehen. Die Musik hier im Restaurant ist sehr laut. Alles in Ordnung bei dir? Fühlst du dich auch nicht zu einsam?»

«Nein, keine Sorge. Die Firma hat angerufen. Sie brauchen mich auf der Baustelle an der Mediathek. Im Moment machen wir kurz Mittagspause. Gerade kriege ich ein Zeichen, ich muss Schluss machen. Aber ich bin froh, dass du eine gute Reise hattest. Telefonieren wir heute Abend?»

«Ja, okay, wir können's versuchen. Schönen Tag noch und arbeite nicht zu viel. Mach Pause, wenn du eine brauchst.»

Jacques legte auf. Zwar hatte er den Eindruck, dass Martine nicht mehr sauer auf ihn war, zufrieden war er dennoch nicht. «Wie erbärmlich bin ich eigentlich?», fluchte er und betrachtete sich frustriert im Spiegel, während im Hintergrund das Radio plärrte.

Ist die Katze aus dem Haus ...

Jacques saß direkt neben dem Telefon. *Jetzt übertreibt sie aber wirklich, es ist fast 22 Uhr.* Wenn er am darauffolgenden Tag hätte arbeiten müssen, wäre er längst im Bett gewesen. Irgendwann hielt er es nicht mehr aus und wählte Martines Nummer. «Warum meldest du dich nicht? Weißt du überhaupt, wie spät es ist?», meckerte er los.

«Ach, hallo, Jacques. Wir sind gerade erst nach Hause gekommen», erklärte Martine.

«Um diese Uhrzeit? Aha, wenn die Katze aus dem Haus ist –»

«Ich geb dir mal Stéphanie. Sie möchte dir etwas sagen ... Stéphanie, Jacques ist am Telefon!»

«Jacques? Geht es dir gut? Bist du nicht allzu einsam?», erkundigte sich Stéphanie.

«Du wolltest mir etwas sagen?», entgegnete Jacques barsch, ohne auf sie einzugehen.

«Ja, Matthieu und ich, wir haben dir eine frohe Botschaft zu verkünden. Ich bin schwanger!»

«Ach das ...», antwortete Jacques enttäuscht, riss sich dann aber zusammen. «Wirklich? Das ist ja eine super

Neuigkeit, herzlichen Glückwunsch. Aber dann müsst ihr euch ja jetzt wirklich einen neuen Wagen zulegen.»

«Ähm, darüber haben wir noch gar nicht nachgedacht. Eigentlich gefällt uns unser Auto ganz gut.»

«Ich bin nach wie vor daran interessiert», meldete sich Nicolas aus dem Hintergrund zu Wort.

«Soll ich dir einen deiner Enkel geben?», fragte Stéphanie.

«Schlafen sie um diese Zeit denn noch nicht? Kein Wunder, das sie tagsüber unleidlich sind, wenn sie abends so lange wach bleiben müssen. Zu meiner Zeit –»

«Jacques, ehe du weitersprichst, das ist eine Ausnahme. Wir feiern heute Jeannes Geburtstag.»

«Jeanne ist tatsächlich auch da? Dann gratuliere ihr von mir, ja?»

«Moment, ich stelle eben auf Lautsprecher um. So, nun geht es!»

«Hallo, ihr Lieben. Also, wer ist alles da?»

«Na ja, alle außer dir. Und Laura und Alexandre haben es leider auch nicht geschafft.»

«Kann ich mir denken, aber es ist ja nicht so, dass man sie nicht gewarnt hätte ... sich ein Tier anzuschaffen ist einfach dumm. Wenn man dann wegfahren will, hat man ein Problem.»

«Nein, ich glaube, sie haben einfach keinen Urlaub nehmen können. Und wie läuft's auf der Baustelle?», klinkte sich Jeanne in das Gespräch ein.

«Grüß dich, Jeanne, herzlichen Glückwunsch! Hier

ist alles in Ordnung. Und bei dir? Wie war der erste Skitag mit der Familie? Kommst du gut mit?»

«Ich fahre gar nicht Ski, also alles bestens. Ich bin den Tag über gemütlich mit Antoinette im Chalet geblieben.»

«Wie kommt man den auf so was? In den Skiurlaub zu fahren, ohne Ski zu fahren.»

«Wenn ich es richtig verstehe, haben Sie es in den letzten Jahren doch genauso gemacht, Jacques ... Haben Sie übrigens das Spiel heute Abend gesehen? Selbst als es zehn zu elf stand, erschien mir Marseille eindeutig besser als Rennes ...» Wenn Jeanne über Fußball sprach, wurde sie erstaunlich leidenschaftlich, was ihren Dialekt verstärkte.

«Zum Schluss stand es unentschieden. Es gibt also keinen Grund zum Triumphieren.»

«Papa? Freust du dich über die Neuigkeit?», rief Matthieu dazwischen.

«Welche Neuigkeit? Ach ja ... die Schwangerschaft. Ich freue mich sehr, wie ich Stéphanie bereits sagte. Ihr könnt ja bald eine eigene Fußballmannschaft aufmachen. Aber jetzt hörst du doch auf zu arbeiten, oder, Stéphanie?»

«Ich bin mir nicht sicher, ob ich das gerade richtig verstanden habe, Jacques. Manchmal ist die Verbindung kurz weg, scheint mir. Ja, ich werde in den Mutterschutz gehen und danach dann wieder in der Versicherung anfangen.»

«Aber warum denn?»

«Jacques, hier ist Martine, Stéphanie kann machen, was sie will, das geht dich nichts an! Apropos Stéphanie, hast du jemanden wegen der wackeligen Geländer kommen lassen?»

«Ach ja, die Geländer. Diese Woche schaffen sie's nicht mehr, aber vor den Osterferien sicher. So richtig verstehe ich das allerdings nicht, du willst wirklich nach deinem dritten Kind wieder arbeiten, Stéphanie? Dein Mann verdient doch genug ...»

«Gute Nacht, Jacques!», ging Antoinette dazwischen und beendete das Gespräch. «Manchmal kann er wirklich unausstehlich sein ...»

Jacques blieb perplex am anderen Ende der Leitung zurück und versuchte, sich davon zu überzeugen, dass die Verbindung einfach abgebrochen war. Dennoch entschied er, dass es nicht lohnte, noch einmal anzurufen.

Die Kehrseite der Schokoladenseite

Vom Fenster ihres Zimmers aus betrachtete Jeanne den Horizont, an dem sich durch den Nebel hindurch die Berge erhoben. Vom Chalet aus hatte man einen phantastischen Blick über das Tal. Die Zeit schien in dieser friedlichen Landschaft stillzustehen. Trotz der guten Stimmung bei ihrer Geburtstagsfeier mit der Familie am Vortag hatte sie schlecht geschlafen. Sie hatte sich nichts anmerken lassen, doch die regelmäßigen Auseinandersetzungen mit Nicolas setzten ihr zu. Sie wurde zunehmend von Zweifeln geplagt und merkte, dass es nicht mehr lange so weitergehen konnte.

Sie gab ihr Bestes, um Nicolas und seiner Familie zu gefallen, sich anzupassen und kein Aufhebens zu machen. Versuchte, sich von ihrer Schokoladenseite zu zeigen, und bemühte sich redlich, mit ihren Schwagern und Schwägerinnen, mit ihrer Schwiegermutter und mit Antoinette auszukommen. Immer überlegte sie sich vorher genau, was sie sagte. Nur wenn sie mit den unverbesserlichen Kleinen tobte, konnte sie ganz sie selbst sein, ohne eine Rolle zu spielen.

Ansonsten malte sich Jeanne, voller Selbstzweifel,

immer wieder das Schlimmste aus. Glaubte Martine, dass ihr Sohn jemand Besseren hätte finden können? Konnte es sein, dass sie insgeheim einer von Nicolas' Exfreundinnen nachtrauerte?

Und auch was Nicolas selbst anging, wurde Jeanne immer skeptischer. Warum unterstützte er sie nicht mehr? Warum kritisierte er sie so häufig? Warum verbesserte er sie jedes Mal, wenn sie sich seiner Meinung nach einen Schnitzer erlaubte? Warum warf er ihr finstere Blicke zu, sobald sie anfing, sich wohlzufühlen, und ein wenig lockerer wurde? Warum wies er sie ab, wenn sie ihn in den Arm nehmen wollte oder auch nur nach seiner Hand griff? Warum verlangte er von ihr, ihren Dialekt zu verbergen? Der war doch ein Teil von ihr. Ständig mäkelte Nicolas an ihr herum und schien jemand anderen aus ihr machen zu wollen, was ihr umgekehrt nie in den Sinn gekommen wäre. Selbst ihren Sieg über die Zigaretten hatte er ihr verdorben, dabei hatte sie eigentlich bereits seit zwei Jahren aufgehört und erst durch ihn wieder angefangen, was Nicolas aber jedes Mal zu vergessen schien, wenn er ihr vor seiner Familie vorwarf, zu viel zu rauchen.

Es war belastend, ständig gesagt zu bekommen, «mach dies und nicht das». Manchmal empfand sie es sogar als moralische Belästigung. Sie brauchte keinen Vater und noch viel weniger einen krankhaft von sich eingenommenen Partner. Jeanne verstand die Welt nicht mehr. Demnächst würde Nicolas noch von ihr verlangen, das Buch zu lesen, das den diesjährigen

Goncourt-Preis gewonnen hatte. Und sie würde es tun, um bloß nicht anzuecken. *Bei aller Liebe! Irgendwo war Schluss!*

Derart mühsam sollte eine Beziehung nicht sein, zumal sie noch nicht sehr lange zusammen waren. Es gab nicht einmal etwas zu kitten, da ihre gemeinsame Geschichte kaum begonnen hatte. Warum sollte man etwas fortführen, wenn es doch ganz offensichtlich nicht funktionierte?

Dabei wusste Jeanne, dass auch sie, genau wie Nicolas, nicht ganz einfach war. Sie war allein bei ihrer Mutter aufgewachsen und hatte früh gelernt, sich wie eine Erwachsene zu verhalten und sich auch von Älteren nicht einschüchtern zu lassen, sobald sie sicher war, im Recht zu sein. Aus dem starken, freiheitsliebenden rothaarigen Wirbelwind war eine burschikose Jugendliche geworden, die auch später nicht bereit war, sich anzupassen. Sie war eine Feministin, die mit ihrer Meinung nicht hinterm Berg hielt und sie kundtat, wie ihr der Schnabel gewachsen war. Einige nannten sie deshalb Madame Unverfroren oder Mademoiselle Schamlos. Doch Jeanne konnte nicht anders, und bis jetzt war es ihr auch ziemlich egal gewesen. Allerdings hatte diese Einstellung sie schon zwei feste Beziehungen gekostet, und nun, da sie die dreißig überschritten hatte, begann sie zu überlegen, ob sie ihre Ansprüche nicht langsam zurückschrauben musste. Doch Nicolas und seine Familie ließen ihr einfach nicht genug Luft zum Atmen.

Phasenweise glücklich

Nach einer langen, heißen Dusche, um die düsteren Gedanken zu vertreiben, zog sich Jeanne warm an, setzte sich eine Mütze auf ihre rote Mähne und kehrte zu Antoinette in den Wohnraum zurück.

«Antoinette, hätten Sie nicht Lust, mit mir einen kleinen Spaziergang zu machen? Und anschließend können wir an der Talstation eine heiße Schokolade trinken.»

«Das ist eine wunderbare Idee! Ich verschwinde nur noch eben ins Bad, dann können wir los.»

Kurze Zeit später hakte Jeanne Antoinette unter, und gemeinsam machten sie sich auf den Weg durch die verschneite Winterlandschaft. Die alte Dame kam ihr genauso leicht vor wie deren Urenkel.

«Sagen Sie, Jeanne, wie ist es, in so einer Familie von Irren zu landen?», fragte Antoinette nach einer Weile.

«Na ja, jeder hat seine Eigenheiten, aber deshalb sind sie noch lange nicht irre. Ich komme ganz gut zurecht, glaube ich zumindest. Die Rolle als die Neue ist nie leicht. Was meinen Sie, wie ich mich schlage?»

«Ich habe Sie beobachtet und finde, dass Sie sich

ganz meisterhaft schlagen. Unser Nicolas ist nicht einfach, von Jacques und seinen sprunghaften Launen ganz zu schweigen. Aber wenn ich Ihnen einen Rat geben darf, lassen Sie die Phase, in der Sie sich gerade befinden, möglichst schnell hinter sich, dann haben Sie es leichter. Zwischen Selbstzweifel und Verführung zu schwanken ist mühsam. Gehen Sie besser direkt zu Phase drei über.»

«Was für Phasen meinen Sie? Phase drei?»

«Setzen wir uns einen Moment, dann erkläre ich es Ihnen. Wissen Sie, ich habe das alles vor einer halben Ewigkeit selbst durchgemacht», sagte Antoinette lachend.

Sie ließen sich am Fuß der Pisten auf einer sonnigen Steinbank nieder. Seite an Seite beobachteten sie die Anfänger, die sich am Übungslift abplagten.

«Wie Sie ganz richtig sagen, muss man als die Neue erst ein gewisses Gleichgewicht finden – ein inneres Gleichgewicht, aber auch das Verhältnis zu Nicolas und den anderen Familienmitgliedern muss sich erst einpendeln. Ehe ich Ihnen die vier Phasen erkläre, möchte ich Ihnen noch eine metaphorische Geschichte erzählen, die ich vor sehr langer Zeit gehört habe. Mögen Sie vielleicht ein *Mon Chéri*?» Antoinette zog eine Handvoll der rot verpackten Pralinen aus der Manteltasche und bot Jeanne eine an.

«Äh, nein danke», lehnte Jeanne höflich ab und wusste nun, warum die am Vortag gekaufte Schachtel bereits fast leer war.

«Na gut, zurück zum Thema. In einer Beziehung bringt jeder sein eignes Päckchen mit. Darin steckt unsere Vergangenheit, die uns zu der Person macht, die wir heute sind. Für einige ist dieses Päckchen schwerer als für andere. Wir haben nicht alle dasselbe erlebt und auch nicht das gleiche Verhältnis zu unserem Vater, unserer Mutter, unseren Brüdern und Schwestern.»

Die roten *Mon-Chéri*-Papiere häuften sich bereits in Antoinettes Schoß, was sie aber nicht davon abhielt, sich eine weitere Praline genussvoll in den Mund zu stecken, ehe sie weitersprach: «Nicolas hat vielleicht an seinen vergeigten Liebesbeziehungen schwer zu tragen, während ihm gleichzeitig vor Augen geführt wird, wie man als Paar überdauern kann, wenn man sich an dem Modell von Jacques und Martine orientiert. Möglich ist aber auch, dass seine Eltern für ihn vor allem ein abschreckendes Beispiel sind.»

Jeanne legte die Stirn in Falten und fragte sich insgeheim, wie viele Exfreundinnen Nicolas in seinem Päckchen mit sich herumschleppte.

«Jeanne, Sie haben mir erzählt, dass Sie Ihren Vater gar nicht kennen. Da Sie selbst nie erlebt haben, wie zwei Menschen über einen längeren Zeitraum als Paar funktionieren, könnte es Ihnen besonders schwerfallen, Ihr eigenes Modell zu finden. Aber das Schöne an der Liebe ist ja, dass es letztlich so viele Arten davon gibt wie Paare auf der Welt.»

«An der Sache mit dem Päckchen ist sehr viel Wahres dran. Und ich empfinde meins manchmal als sehr schwer, um im Bild zu bleiben, habe mir aber noch nie Gedanken darüber gemacht, dass auch Nicolas eins zu tragen hat. Ich muss wohl geduldiger mit ihm sein.»

«Das wollte ich damit *sicher nicht* zum Ausdruck bringen», widersprach Antoinette. «Sie müssen besser zuhören, Jeanne! Nicolas muss wachgerüttelt werden. Ja, er hat dieses Päckchen, aber er hat es einfach beiseitegelegt, und jetzt schiebt es sich zwischen euch. Sich in *Ihre* Familie zu integrieren, ist umgekehrt ziemlich leicht für ihn, solange er sich Ihrer Mutter gegenüber wie ein Gentleman verhält. Lassen Sie Phase eins hinter sich, Jeanne. Und zwar schnell!

«Worum geht es denn nun bei diesen Phasen?»

«Ach ja, das habe ich Ihnen noch gar nicht erklärt. Bei der Integration gibt es vier Phasen.» Antoinette legte eine Pause ein und genehmigte sich nach kurzem Zögern ein weiteres *Mon Chéri*, ehe sie fortfuhr: «Phase eins: die *Verführung* der Familie des Partners, systematisch begleitet von starken Selbstzweifeln. Man verhält sich ein wenig wie ein kleiner Hund im Tierheim, der unbedingt ausgewählt werden will und sich deshalb bemüht, so süß und niedlich wie möglich zu erscheinen. Auch wenn er innerlich zittert. Denn seine Vergangenheit mitsamt all den negativen Erfahrungen ist ein Teil von ihm. Gleichzeitig ist er voller Hoffnung, was die neue Familie angeht. Doch er fürchtet sich höllisch davor, abermals enttäuscht und verlassen zu werden.

Phase zwei: die *Integration*, das sind schlicht und einfach die Regeln, nach denen die Familie funktioniert. Man versucht, sich anzupassen, arbeitet an sich, marschiert mit.

Phase drei: meine Lieblingsphase, die *Rebellion*! Alles oder nichts! Zumindest weiß man dann, woran man ist. Endlich kommt unsere wahre Natur zum Vorschein. Man kann sich nicht länger verstellen. Die dritte Phase sollte eigentlich nicht die endgültige sein. Allerdings glaube ich, wenn mir dieser Gedanke erlaubt ist, dass Stéphanie, nachdem sie nun schon seit mehr als zehn Jahren mit Matthieu zusammen ist, noch immer in dieser Phase feststeckt. Von Laura ganz zu schweigen. Ich würde Ihnen empfehlen, von der Verführungsphase direkt zur Rebellion überzugehen. Dann wird es Ihnen leichter fallen, sich anschließend in Phase vier einzurichten.»

«Und das ist dann die Trennung oder was?»

«Nein, die vierte Phase ist der *Kompromiss*. Man akzeptiert sich gegenseitig, wie man ist, mit all seinen Qualitäten und Schwächen, Launen und Empfindsamkeiten. Und vor allem erkennt man die unterschiedlichen Hintergründe und Generationen an. In dieser Phase ist man nicht mehr aggressiv, nicht einmal unterschwellig, weil dies bereits in Phase drei abgearbeitet wurde. So. Gehen wir jetzt eine heiße Schokolade trinken? Ich habe Durst!»

Jeanne half Antoinette beim Aufstehen und schweigend begaben sie sich in das Café an der Talstation.

«Sie wirken nachdenklich, Jeanne», nahm Antoinette den Gesprächsfaden wieder auf, nachdem sie bestellt hatten. «Habe ich Ihnen mit meinem Alte-Leute-Geschwafel Angst gemacht? Halten Sie die Sache mit den Phasen für Unsinn? Sie können es mir ruhig sagen.»

«Darum geht es nicht. Das klingt alles sehr stichhaltig, aber –»

«Aber Sie fragen sich, wie man Nicolas wachrütteln könnte, ohne ihn zu verlieren? Die dritte Phase zu Beginn einer Beziehung ist immer riskant, da gibt es nichts zu beschönigen. Nicolas könnte sich empfindlich angegriffen fühlen.»

Jeanne sah Antoinette aufmerksam in die Augen, als hätte sie die Hoffnung, dort eine Lösung zu finden.

«Aber, Jeanne, die Frage ist doch letztlich, wie lange Sie es aushalten werden, sich derart anzustrengen, ohne die Beherrschung zu verlieren. Die vierte Phase ist angenehm. Irgendwann werde ich Ihnen mal erzählen, wie es mit meiner Schwiegermutter lief, die ein richtiger alter Drachen war, wie die Stiefmutter von Aschenputtel. Und ich könnte Ihnen auch erzählen, wie Martine und ich zu unserem entspannten Umgang miteinander gelangt sind. Wenn Sie wollen, könnte ich Ihnen sogar dabei helfen, Nicolas wachzurütteln. Manchmal hilft tatsächlich ein wenig Erfahrung, wie man am besten rüttelt, ohne dass es Scherben gibt ... Jetzt ein *Mon Chéri*?»

In guten wie in schlechten Zeiten

Nach dem Essen hatte Martine noch lange mit den Kleinen gespielt, ehe sie sich auf den Balkon des Chalets zurückzog, um ein wenig zu entspannen. Es war frisch geworden. In die Bettdecke gewickelt, war es jedoch durchaus erträglich, und der Blick lohnte sich allemal.

Unentschlossen beobachtete Jeanne ihre Schwiegermutter in spe von drinnen durch das Fenster. Bevor sie sich Nicolas vorknöpfen würde, wollte sie gern noch einige Dinge mit Martine klären: Wer war Nicolas wirklich? Wie war Jacques früher gewesen, und vor allem, wie hatte sich Martine zu Beginn bei den Le Guennecs gefühlt?

Schließlich ging sie hinaus und setzte sich neben Martine. «Stört es Sie, wenn ich rauche?», fragte sie und zog eine Zigarette aus dem Päckchen, das auf dem Tisch lag.

«Überhaupt nicht! Nur Jacques ist da so rigoros. Ich würde selbst von Zeit zu Zeit gern eine rauchen, wie ihr jungen Frauen das macht. Du kannst übrigens gern ‹du› sagen.»

«Danke, aber mit Jacques hätte ich es mir verscherzt, wenn ich dir eine anbiete?», tastete sich Jeanne vor, während Martine nach einer Zigarette griff. «Seit wann seid ihr eigentlich zusammen, Jacques und du?»

«Fast möchte ich antworten, schon immer. Jedenfalls erinnere ich mich nicht an ein Leben ohne ihn. Als wir geheiratet haben, war ich 23, tja, und man wird eben nicht jünger!»

«Wie war es damals, in seine Familie hineinzufinden, besonders mit Antoinette?»

«Ich hatte Glück. Sie war nicht so ein Besen wie ihre eigene Schwiegermutter. Jacques' Großmutter war eine richtig fiese Schlange. Hortense ...»

«Ach ja?»

«Hortense war wohl sehr kühl. Eine Sache, die mir in Erinnerung geblieben ist, war zum Beispiel, dass sie mit ihrer Schwiegertochter, also mit Antoinette, in der Öffentlichkeit kein Wort wechselte, das ging immer über ihren Sohn. Ein bisschen war das vielleicht der Zeit geschuldet, aber trotzdem!»

«Ja, trotzdem ...»

«Und das ist noch nicht alles», fuhr Martine fort. «Sie war krankhaft pedantisch und erwartete das auch von ihrer Schwiegertochter. Da Antoinette aber anders gestrickt war, galt sie als Schmutzfink, unfähig, einen Haushalt zu führen, was Hortense mit mangelndem Respekt gegenüber dem Ehemann gleichsetzte. Bei jedem Besuch wurde alles genauestens inspiziert, und Antoinette musste spitze Bemerkungen und Vorhaltungen über sich ergehen lassen. Jacques' Großvater war ein großer Schweiger, der nie auch nur einen Mucks von sich gab. Antoinette meinte, man habe die Fliegen beim Essen surren hören können. Das würde bei uns nie passieren.» Lachend zog Martine an ihrer Zigarette. Nachdem sie genüsslich den Rauch ausgeblasen hatte, erzählte sie weiter: «Und halt dich fest, ein einziges Mal hat ihr Schwiegervater sie dann wohl doch angesprochen, und zwar, um ihr zu sagen: ‹Eine schweigende Frau ist ein Geschenk Gottes!› So etwas kann man sich doch gar nicht ausdenken. Ich habe mit Antoinette wirklich enormes Glück gehabt. Einmal hat sie mir sogar gestanden, sie und ihr Mann hätten mehr als ein Kind bekommen, wenn ihre Schwiegermutter sie in Ruhe gelassen hätte. Aber Hortense rief wohl mehrfach am Tag an, angeblich um zu hören, was es Neues gab, aber eigentlich ging es meistens darum, sich einzuladen. Und wenn sie und ihr Mann kamen, blieben sie auch nicht nur einige Tage, sondern Wochen! Wenn ich dagegen mal einen Nachmittag bei Stéphanie bin, fragt sie als Erstes, wann ich denn vorhätte, wieder zu fahren.»

Martine lachte wieder, und Jeanne wurde bewusst, wie sehr es eine Partnerschaft vergiften konnte, wenn man sich nicht mit seiner Schwiegermutter verstand. Mit Nicolas lief zurzeit nicht alles glatt, aber immerhin verhielt sich Martine ihr gegenüber nicht wie ein alter Drachen, sondern erzählte munter weiter von Antoinettes schrecklichen Schwiegereltern.

«Und dann ließen sie sich auch noch von vorne bis hinten bedienen, sie mäkelten an allem herum und jammerten die ganze Zeit, dass sie sich langweilten und die Stadt nicht mochten. Wenn sie Brot kaufen gingen, notierten sie es als Schulden in einem kleinen Buch. Die arme Antoinette! Seine Familie kann man sich nicht aussuchen, aber seine Schwiegerfamilie eben genauso wenig. Den Partner dagegen schon ...» Ihre Zigarette hatte Martine seit langem aufgeraucht und warf nun den Stummel in die Konservendose, die als Aschenbecher diente, ehe sie sich zum Fenster umdrehte. «Wo ist eigentlich Nicolas?», fragte sie und blickte angestrengt ins Innere des Chalets. «Ich wollte dir nachträglich noch etwas zum Geburtstag schenken. Aber eigentlich brauchen wir ihn dafür gar nicht. Warte, ich bin gleich wieder da.»

Nach kurzer Zeit kehrte Martine mit einem kleinen rechteckigen Päckchen auf den Balkon zurück. «Nur noch eine Kleinigkeit. Ich habe mir gesagt: ‹Ein Bratentopf ist ja ganz nett, aber was Jeanne in dieser Woche wahrscheinlich vor allem braucht, ist eine Beschäftigung.› Weil du ja nicht Ski fährst. Ich hoffe, du hast es noch nicht.»

Jeanne merkte, wie ihr Herz schneller schlug, während sie insgeheim betete, dass sich unter dem Geschenkpapier nicht verbarg, was sie befürchtete. Sie wusste sich im Urlaub in den Bergen bestens anderweitig zu beschäftigen als mit Lesen. «Oh, das Buch, das dieses Jahr den Goncourt-Preis gewonnen hat.» Sie hoffte, dass man ihr die Enttäuschung nicht ansah. «Ähm, nein, das habe ich noch nicht. Danke, Martine. Das wäre aber *wirklich* nicht nötig gewesen!»

Vielen Dank für die Blumen

Auf der Rückfahrt im Zug legte Martine den Kopf ans Fenster und betrachtete die vorbeiziehende, verschneite Landschaft. Die Tage mit der Familie, ohne Jacques, hatten sie verändert. Fast fürchtete sie sich, jetzt zu ihm zurückzukehren.

Zum ersten Mal war sie in der Lage gewesen, sich nicht für alles und jeden verantwortlich zu fühlen, sich sogar ein wenig gehenzulassen. Sie hatte einfach getan, wozu sie in dem Moment Lust gehabt hatte, und das war ihr sehr gut bekommen.

So viel Zeit mit anderen Frauen zu verbringen, hatte ihr darüber hinaus ganz neue Perspektiven eröffnet. Niemand hatte gejammert oder mahnend mit dem Finger auf die Uhr gezeigt, um darauf aufmerksam zu machen, dass es fast Mittag war. Im Gegenteil: Sie hatte miterlebt, wie Nicolas am Herd stand, während Jeanne gemütlich einen Glühwein schlürfte, und wie Matthieu die Kleinen badete, während Stéphanie die Zeitung las. Auch war Martine nicht jedes Mal gleich als Erste aufgesprungen, wenn es ums Einkaufen ging oder auch nur darum, Croissants zu besorgen. Stattdessen war sie gern mit Antoinette sitzen geblieben, um zu schwatzen, während die jungen Leute die Aufgaben übernommen hatten. Im Laufe der Tage hatte sich die Stimmung zunehmend entspannt. Martines anfängliche Bedenken, nicht willkommen zu sein, verflogen schnell, weil alle sich sichtlich freuten, dass sie da war – und sie einmal ohne Jacques zu erleben.

Ihre Söhne hatten sie seit Jahren nicht so viel lachen sehen und hätten nie gedacht, dass sie fähig wäre, beim UNO-Spielen zu schummeln. Ihre Schwiegertöchter vertrauten ihr einige private Dinge an, und selbst Stéphanie, die sich normalerweise sehr distanziert verhielt, bat sie um Rat zu Büchern, mit denen Paul das Lesen üben könnte.

Mit anderen Worten: Martine hatte sich selbst wiederentdeckt. Es war ein riesiger Spaß gewesen, die roten Pisten so schnell wie schon lange nicht mehr hinunterzuwedeln. Die Zigarette, die Jeanne ihr angeboten hatte, war ein Genuss gewesen, und sie hatte sich sogar zu einem kleinen Schnaps auf der Piste überreden lassen, was sie niemals getan hätte, wenn Jacques da gewesen wäre.

Sie wurde nachdenklich. Warum verkniff sie sich ständig so viel, wozu sie eigentlich Lust hatte? War es wirklich ihr Mann, der ihr unbewusst vorgab, was sie zu tun und was sie zu lassen hatte, oder erlegte sie es sich selbst auf, die perfekte Ehefrau spielen zu müssen?

Seit Stunden grübelte Martine über diesen Fragen, als ihr plötzlich auffiel, dass der junge Mann ihr gegenüber sie beobachtete. Sie kramte ihren Taschenspiegel hervor, aber sie hatte weder Reste des Thunfischsandwiches am Kinn noch Salat zwischen den Zähnen.

Verlegen nahm sie eine Zeitschrift aus der Tasche und versuchte, ihr errötendes Gesicht vor den Blicken des Mannes zu verbergen. Als sie vorsichtig über den Osteoporose-Artikel hinweglinste, begann es förmlich zu glühen. Der junge Herr war durchaus attraktiv. Und er sah sie weiterhin an. Wenn ihre Schwiegertöchter ihr nicht zufällig kurz zuvor von «Cougars» und «MILFs» erzählt hätten, wäre sie gar nicht auf die Idee gekommen, den Blicken ihres ungefähr dreißigjährigen Gegenübers Beachtung zu schenken.

Fieberhaft überlegte sie, wie sie am besten die beiden nächsten Stunden verbringen sollte, ohne entweder in ein Gespräch verwickelt zu werden, das ihm vielleicht sogar falsche Hoffnungen machte, oder unfreundlich zu wirken. Wahrscheinlich bildete sie sich das alles ohnehin nur ein. Nachdem sie auf die Toilette gegangen war, beschloss sie, nicht auf ihren Platz zurückzukehren, sondern sich in den Bistro-Wagen zu setzen. Beim Betreten des Wagens stellte sie allerdings überrascht fest, dass auch der junge Mann sich dorthin begeben hatte.

Martine fühlte sich nun noch unbehaglicher als zuvor. Er musste ja denken, dass sie ihn verfolgte. Letztlich brach er das Eis: «Wie ich sehe, brauchen wir beide einen Kaffee. Darf ich Ihnen einen ausgeben?»

Verlegener denn je spielte Martine nervös mit ihrem

Ehering, ehe sie antwortete: «Ähm, ich trinke keinen Kaffee.»

«Dann also einen Tee?»

Da sie nicht wusste, wie sie ein zweites Mal ablehnen sollte, ließ sie sich neben dem jungen Mann auf einem Barhocker nieder.

Er hieß Rémy, war Biologielehrer und liebte Stillleben. Er hatte eine Freundin in den Alpen und fuhr nun auf Besuch zu seinen Eltern in die Bretagne. Wie sich herausstellte, sah er nicht nur gut aus, sondern war dazu auch noch unterhaltsam.

Entgegen allen Erwartungen vergingen die verbleibenden zwei Stunden Fahrtzeit wie im Flug.

Auf dem Weg zurück ins Abteil fragte sich Martine, wie sie so dumm hatte sein können zu glauben, dass ein charmanter junger Mann sie würde verführen wollen. Sie war kurz davor, ihm zu gestehen, was sie sich zwischenzeitlich eingebildet hatte, als der Zug im Bahnhof von Rennes einfuhr, wo sie umsteigen musste. Schnell griff sie nach ihrem Koffer und verabschiedete sich von Rémy, als dieser ihre Hand nahm.

«Martine, warten Sie. Ich habe Sie angelogen. Ich habe gar keine Freundin in den Alpen und auch keine Eltern in der Bretagne. Ich lebe selbst dort. Ich wollte Sie nicht verschrecken, deshalb habe ich das alles erfunden. Verzeihen Sie mir. Aber der Rest stimmt. Für den Fall, dass Sie Lust haben, mal mit mir eine Ausstellung zu besuchen oder etwas anderes zu unternehmen, würde ich Ihnen gern meine Nummer geben. Ich habe die

Stunden mit Ihnen sehr genossen, sogar so sehr, dass ich gehofft hatte, wir würden niemals ankommen.»

Martine errötete wie ein Teenager und stammelte einige unverständliche Worte, ehe sie eilig aus dem Zug ausstieg, während bereits das Signal zur Abfahrt ertönte.

Wie traurig!, dachte sie bei sich. Was erhoffte sich ein gut aussehender junger Mann wie er nur von einer über Sechzigjährigen wie ihr. *Ich könnte seine Mutter sein ...*

Der Zug fuhr ab und mit ihm der charmante Rémy, als ihr auffiel, dass sie noch den Zettel in der Hand hielt, auf dem er seine Handynummer notiert hatte. Sie ging auf den Mülleimer zu, überlegte es sich dann aber anders. Dieses kleine Stück Papier war der Beweis, dass sie noch begehrenswert war. Woran sie schon lange zweifelte. Deshalb würde es ihrem Ego nicht schaden, den Zettel in der Manteltasche zu behalten wie ein Souvenir, nach dem sie jedes Mal tasten könnte, wenn sie wieder unsicher würde.

Der Regionalzug lief pünktlich in Dinan ein. Wie erwartet, stand Jacques nicht am Bahnsteig. Auch deshalb traf Martine im Taxi endgültig eine Entscheidung: Sie musste etwas ändern. Für sich, um sich neu erfinden zu können. Fortan wollte sie tun, wozu sie Lust hatte, freier sein und vor allem nicht mehr abhängig von Jacques.

Nutze den Tag

Eigentlich mochte Jacques Ostern, vor allem wegen der Schokoeier. Dieses Jahr hatte er jedoch eine böse Vorahnung, dass die Tage nicht besonders angenehm verlaufen würden, obwohl er Martine gegenüber Besserung gelobt hatte.

Und tatsächlich fing es schon schlecht an. Die Handwerker, die vorher noch hatten kommen sollen, um die Geländer vor den Fenstern wieder in Ordnung zu bringen, hatten kurzfristig abgesagt. Zu viel Arbeit. Andere Aufträge seien wichtiger. Jacques war da anderer Meinung: Der Haussegen stand auf dem Spiel, und er wettete, dass Stéphanie es sofort bemerken würde, wenn die Geländer immer noch im selben Zustand wären.

Außerdem war die Wettervorhersage katastrophal, so kalt wie sonst nie an Ostern und dazu Dauerregen. Was nicht so schlimm gewesen wäre, wenn Laura nicht angekündigt hätte, den Hund mitzubringen. Jacques war bereits in der Apotheke gewesen, um sich wegen seiner Allergie mit Zyrtec einzudecken, und den Vorrat an Taschentüchern hatte er ebenfalls aufgefüllt.

Nur von Martine gab es Positives zu berichten. Seit sie im Februar aus dem Skiurlaub zurückgekehrt war, sprach sie zwar kaum mit ihm, aber sie malte wieder und besuchte allein Ausstellungen, ohne ihn überreden zu wollen, er solle doch mitkommen. Auch aß sie kaum noch zu Hause, was den Vorteil hatte, dass sie ihm während des Abendessens keine Vorwürfe machen konnte. Auf diese Weise stritten sie jedenfalls nicht länger, wenn es auch nachteilig war, dass Martine nicht einmal mehr daran dachte, den Kühlschrank aufzufüllen.

Trotz allem blieb Jacques wachsam, insbesondere bei Martines Kollegen Daniel, der ihm mit seiner hochnäsigen Art gar nicht behagte. Deshalb stattete er Martine regelmäßig Besuche in der Buchhandlung ab, manchmal mit Blumen oder einem Kaffee, an anderen Tagen lud er sie sogar zum Mittagessen ein. Daniel sollte ruhig wissen, wo der Hammer hing.

Martine bekam von all dem kaum etwas mit. Sie merkte zwar, dass Jacques sich bemühte, war aber vor allem mit sich selbst beschäftigt. Sie hatte beschlossen, jeden Tag etwas Neues zu entdecken. Zum ersten Mal im Leben hatte sie sich in einem Schönheitsstudio verwöhnen lassen, inklusive Pediküre – die zu genießen war nicht ganz leicht gewesen, weil jede Berührung so sehr kitzelte, dass sie lachen musste. Sie hatte auch einen Kochkurs belegt, in dem sie gelernt hatte, wie man Sushi machte. Und statt Frühjahrsputz hatte sie ihre Schränke ausgemistet und Laura einen prall gefüllten

Sack für das Hilfswerk mitgegeben. Die Krönung aber war der Termin beim Tätowierer gewesen. Schon immer hatte Martine von einem Tattoo geträumt, und nun hatte sie es endlich in die Tat umgesetzt, dezent am Fußknöchel. Zum ersten Mal hatte sie Jacques nicht um Erlaubnis gefragt und zudem beschlossen, es ihm so spät wie möglich zeigen. Es war ihr kleines, ganz privates Geheimnis. Zwei Worte, *carpe diem*, einfach nur, um sich selbst daran zu erinnern, dass sie jeden Tag nutzen und in vollen Zügen genießen wollte. Alles andere war unwichtig geworden.

Bei einer Sache war Martine jedoch unerbittlich geblieben: Sie hatte verlangt, dass sich Jacques zu Ostern seinen Schwiegertöchtern gegenüber tadellos zu benehmen habe. Kurz vorher hatte sie ihn noch einmal instruiert und ihm unmissverständlich klar gemacht, was ihm andernfalls drohte: Wenn er sich auch nur den kleinsten Patzer leistete, würde Jacques in diesem Sommer in seinem eigenen Haus nicht mehr willkommen sein. Der alte Patriarch stand mächtig unter Druck ...

Elefant im Porzellanladen

Endlich begannen die Osterferien. Martine war so aufgeregt, dass sie kaum noch stillsitzen konnte. Als sie das Geräusch eines parkenden Autos hörte, zog sie sofort ihre Regenjacke an, um hinauszugehen und die Kinder in Empfang zu nehmen. Jacques war mit nicht ganz so viel Eifer dabei. Er werde beim Ausladen helfen, «wenn es nicht mehr so stark pladdert». Außerdem war er sich sicher, dass Stéphanie und Matthieu mit Kind und Kegel die Ersten sein würden, weshalb er gerade noch die letzten ruhigen Minuten in seinem Sessel genoss.

«Guten Tag, Jacques!», hörte er wenig später jemanden rufen.

«Ah ... Stéphanie! Ihr seid schon da? Da wart ihr aber schnell ... *sacrebleu*, dein Bauch ist ja riesig! Ich dachte, es wäre erst im September so weit?»

«Ja, Ende August, Anfang September. Paul und Jules haben ihn wohl schon ausgebeult. Ich bin echt geschafft von der Fahrt ...»

«Setz dich doch. Willst du was trinken?», fragte Jacques und war stolz darauf, wie zuvorkommend er sich benahm.

«Ja, das wäre nett, einen Grapefruit-Saft bitte», antwortete Stéphanie und ließ sich in Jacques' Sessel fallen.

Während er noch in der Küche herumsuchte, weil er bislang nur Orangen- und Ananassaft gefunden hatte, rief sie: «Findest du es nicht auch ein bisschen kalt hier drin? Machst du gleich den Kamin an?»

«Ich verstehe dich nicht. Aber ich bin gleich mit deinem Getränk wieder da», rief Jacques zurück und grummelte dann leise vor sich hin: «Den Kamin? Im April! Ich glaub's ja nicht!»

Im letzten Winkel von Martines Vorratskammer entdeckte er schließlich tatsächlich eine angebrochene Flasche, in der sich noch ein kleiner Rest Grapefruit-Saft befand. Das Glas füllte er einfach mit Schweppes auf. Ein bisschen Prickeln würde ihr schon nicht schaden.

«Der Saft für Madame! ... Stéphanie? Wo bist du?», wunderte sich Jacques, als er ins Wohnzimmer zurückkehrte.

«Hallo, Papa», begrüßte ihn stattdessen Matthieu. «Würde es dir etwas ausmachen, mir beim Auspacken zu helfen, anstatt dich im Warmen zu verkriechen? Obwohl, warm ist es hier ja nicht gerade. Streng genommen ist es eiskalt! Hast du noch trockenes Holz?»

«Sind die Geländer etwa noch immer nicht repariert? ... Jacques?», meldete sich in dem Moment Stéphanie aus der oberen Etage.

Er hätte wetten sollen! «Die Handwerker waren schon

da, aber sie hatten nicht das passende Material dabei. Sie haben nun alles bestellt, und es sollte diese Woche noch erledigt werden. Außer, es ist dir lieber, wenn sie erst nach Ostern kommen. Eventuell könnte es nämlich laut werden. Ganz wie du willst, Stéphanie.»

«Mir wäre es lieber, wenn sie bereits fertig wären. Aber dann sollen sie eben diese Woche kommen, solange sie nicht gerade Lärm machen, wenn die Kinder Mittagsschlaf halten.»

«Papa? Willst du warten, bis alles reingetragen ist, ehe du dich bequemst, mit zum Wagen zu kommen, oder was?», motzte Matthieu, der schon zum dritten Mal auf dem Weg zum Auto war.

«Sekunde, ich komme! Ich muss nur schnell meine Schuhe anziehen. Sag mal, hast du abgenommen? Kriegst du bei deiner Frau etwa nicht genug zu essen? Zum Glück hat deine Mutter für eine ganze Armee eingekauft. Apropos, ich könnte demnächst mal wieder etwas vertragen. Gibt's bald Essen, Martine?»

Wer Spargel isst, der sündigt nicht

Bald waren alle da. Nicolas und Jeanne waren zur selben Zeit wie Alexandre und Laura eingetroffen, und nun herrschte allgemeiner Trubel. Der lange Tisch in der Küche war für zehn gedeckt. Paul und Jules saßen bereits und verschlangen die Spaghetti bolognese ihrer Großmutter. Lauras Jack Russell Terrier hatte sich geduldig in einer Ecke postiert und nutzte jede Gelegenheit, um etwas Essbares zu ergattern.

«Bitte alle an den Tisch kommen. Das Essen ist fertig und wird sonst kalt.»

«Wollen wir nicht erst einen Aperitif nehmen? Um auf die Ferien anzustoßen?», schlug Jacques vor.

«Nicht mittags *und* abends», erinnerte ihn Nicolas. «Stimmt's, Mama? Drückst du bitte deine Zigarette aus, wir setzen uns jetzt», rief er dann nach draußen, wo Jeanne im bretonischen Nieselregen stand.

«Vor dem Essen rauchen ... ich glaub's ja nicht! Das tötet die Geschmacksnerven, was ihr bei ihrem Beruf noch auf die Füße fallen wird», schlaumeierte Jacques und blickte missbilligend zu Jeanne hinaus.

«Zu ihrer Verteidigung muss ich sagen, dass im Restaurant alle rauchen. Da sind Geschmacks- und Geruchssinn sowieso beeinträchtigt. Übrigens, der Hund müffelt ganz schön!», stellte Nicolas fest.

«Ich danke dir, ich bin ganz deiner Meinung», stieß Jacques in das gleiche Horn. «Der stinkt wie die Pest. Wenn du das Laura nahebringen könntest, damit sie ihn aus der Küche entfernt, wäre das großartig. Wenn ich es ihr sage, krieg ich wieder Ärger.»

In dem Moment betrat Stéphanie die Küche und schlug sich die Hand vor den Mund. «Was stinkt denn hier so? Es riecht, als hätte sich jemand übergeben.»

«Wir haben den Hund im Verdacht», antwortete Jacques sofort und freute sich, ein einziges Mal eine potenzielle Verbündete in Stéphanie gefunden zu haben.

«Auf jeden Fall ist ein Hund in einer Küche nicht hygienisch», bekräftigte Nicolas.

«Dein Hund stinkt!», sagte Stéphanie Laura schließlich unverblümt ins Gesicht. «Badest du ihn nicht, oder was? Ich muss mich gleich übergeben. Tut mir leid, aber der kann nicht hier drin bleiben. Los, verschwinde, Jack!» Sie stieß ihn mit dem Fuß an.

Laura nahm ihn am Halsband und führte ihn widerwillig hinaus.

«Warum heißt er noch mal ‹Jack›?», wollte Jacques wissen, als sie zurückkehrte.

«Warum nicht? Ich habe ihn in das Zimmer ganz hinten gebracht. Bist du jetzt zufrieden?»

«Ich habe gar nichts gesagt!», verteidigte er sich. «So, jetzt aber an den Tisch. Sonst ist alles kalt.»

«Du brauchst nicht so zu schreien, Papa. Wir sind alle da», merkte Matthieu an.

«Na, dann setzt euch aber auch. Eine Tischordnung gibt es nicht, wir sind ja nicht bei den Rothschilds. Wir fangen gerade an, und die Kleinen sind schon fertig», stellte Jacques ungeduldig fest. «Nehmt euch von dem Spargel. Wohin ist Martine denn nun eigentlich wieder verschwunden? Sie ist die Einzige, die noch fehlt. Martiiiiiiiine!»

«Ich bin ja schon da, hör auf zu schreien. Ich habe nur noch den Wein geholt. Erklärst du uns, was du uns mitgebracht hast, Jeanne?», bat sie, während sie in alter Gewohnheit Jacques die Flasche reichte.

«Das ist ein italienischer Wein, ein Chianti, er besteht also hauptsächlich aus Sangiovese-Trauben und passt sehr gut zu Tomatensoße.»

«Danke, Jeanne», sagte Jacques höflich. «Stéphanie, dir schenke ich nichts ein?»

«Nein danke, ich würde ja gern, aber ich darf wirklich nicht.»

«Wenn ich den Namen dieses Weins höre, muss ich irgendwie immer an ‹anti› denken», sinnierte Jacques, «Du nicht auch, Stéphanie?»

«Warum fragst du ausgerechnet *mich* das?»

Ohne darauf zu reagieren, wandte er sich seiner nächsten Schwiegertochter zu. «Laura, er scheint keine Sulfite zu enthalten. Möchtest du ein Glas? Aber nimmst du denn gar keinen Spargel? Der ist bio. Martine hat ihn extra deinetwegen im Biomarkt gekauft.»

«Nein danke, ich mag keinen Spargel», antwortete Laura.

«Welche Sorten Obst und Gemüse isst du denn überhaupt? Damit wir es ein für alle Mal wissen ... Wenn ich mich recht erinnere, magst du keine Rote Beete, keine Kiwi und Spargel nun also auch nicht. Kann man sich das als Vegetarierin überhaupt leisten?»

«Es liegt nicht an mir. Gegen Kiwis bin ich allergisch.»

«Ich habe gehört, dass es Kreuzallergien zwischen Kiwi und Latex geben soll», schaltete sich Jeanne ein. «Stimmt das, Laura?»

Nicolas versetzte Jeanne unter dem Tisch einen Tritt, und Laura wurde knallrot.

«Wenn Laura gegen Latex allergisch wäre, hätten wir schon lange Enkelkinder», ergriff Jacques die Gelegenheit für einen Spruch.

«Aber ihr habt doch Enkelkinder», empörte sich Stéphanie daraufhin sofort.

«Nein, ich meine doch –»

«Ja, wir haben verstanden, was du meintest. Jetzt reicht's aber, lass Laura in Ruhe!», mahnte Martine und erhob sich. «Das ist nicht mal mehr grenzwertig, das ist die unterste Schublade, Jacques! Laura, soll ich dir schnell ein paar Radieschen oder eine Gurke anstelle des Spargels fertig machen? Du musst doch irgendetwas essen.»

Sie warf Jacques, der mittlerweile damit beschäftigt war, sein Brot mit der Spargel-Vinaigrette zu tränken, einen missbilligenden Blick zu. Um abzulenken, fragte dieser deshalb: «Öffnen wir jetzt endlich den Wein, oder ist er nur zum Angucken da? Und gibst du mir mal das Brot, das vor dir steht, Jeanne?»

«Entschuldige, ich hab nicht ganz verstanden. Das Brot?», vergewisserte sich Jeanne in ihrem unverkennbaren Dialekt.

«Bei uns wird das Wort Brot zwar eigentlich anders ausgesprochen, aber ja», antwortete Jacques.

«Und bei uns sagt man ‹Bitte›», konterte Jeanne schlagfertig.

«Möchte jemand die letzten drei Spargelstangen?», versuchte Martine, schnell das Thema zu wechseln.

«Wenn niemand anders mag, würde ich mich opfern», meldete sich Stéphanie.

«Bist du dir sicher?», fragte Matthieu mit Blick auf den runden Bauch seiner Frau, die ihn daraufhin bitterböse ansah, sich den Spargel aber trotzdem auf den Teller lud.

Schweigen breitete sich am Tisch aus – für Paul und Jules ein eindeutiges Zeichen, zum Spielen ins Wohnzimmer zu verschwinden. Bei den Erwachsenen war es langweilig, wenn nicht geflucht wurde.

«So, dann gebt mir mal eure Teller, Kinder, damit ich euch Nudeln auftun kann!», sagte Martine.

«Was? Für uns gibt es auch Nudeln?», maulte Jacques und verzog das Gesicht zu einem enttäuschten Schmollen. Dennoch hielt er ihr seinen Teller hin.

«Ich weiß nicht, hast *du* noch etwas anderes vorbereitet? He, ich habe gesagt: ‹Gebt mir eure Teller, *Kinder*›», sagte Martine und schob den Teller ihres Mannes mit Nachdruck zurück. «Laura?»

«Ähm, ja. Sind in der Bolognese nur Tomaten oder auch Fleisch?», erkundigte sie sich.

Verzagt ließ Martine die Kelle in den Topf fallen, und Soße spritzte auf Jacques' Hemd.

«Martiiiiiiiiiiine! Wie tollpatschig von dir! Jetzt bin ich voller Tomatensoße. Das darf doch nicht wahr sein!»

«Du hättest dir nur deine Serviette richtig umbinden müssen», drang Pauls Kinderstimme aus dem Wohnzimmer herüber, worauf die drei Schwiegertöchter in schallendes Gelächter ausbrachen.

Den Dienst quittieren

Martine war stinksauer. Nach dem Essen hatte sie Jacques einen Einlauf verpasst, der sich gewaschen hatte. Auch Laura, Stéphanie und Jeanne hatten ihren jeweiligen Partnern mangelnde Unterstützung vorgeworfen.

Um den weiblichen Vorhaltungen zu entkommen, zogen sich Jacques und seine Söhne daraufhin zu einer Partie Poker und Videospielen zurück.

Allerdings erwies es sich als Fehler, die drei aufgebrachten Schwiegertöchter sich selbst zu überlassen. Stéphanie, Laura und Jeanne hockten gemeinsam in der bereits untergehenden Sonne auf dem Gartenmäuerchen und redeten sich ihre Unzufriedenheit von der Seele. Während Jack, der Jack Russell Terrier, vor ihnen um die Maulwurfshügel herumsprang, stellten die drei fest, dass sie die Situation alle ähnlich sahen: Entweder etwas änderte sich radikal, und zwar sofort, oder sie würden auf der Stelle ihre Koffer packen und ihre Schwiegereltern bis auf weiteres meiden.

«Ich werde hier andauernd gestochen», jammerte Laura nach einer Weile genervt. «Gibst du mir mal dein Anti-Mücken-Spray, Jeanne?»

«Gern, ist aber nicht bio.»

«Das ist gerade mein geringstes Problem. Diese Viecher saugen mich aus, als wäre ich ihr Aperitif. Wenn es so weitergeht, ist gleich mein ganzes Bein zerstochen.»

«Apropos Aperitif, ich habe gerade ziemlichen Appetit», sagte Stéphanie.

«Ich auch, und ich hätte richtig Lust auf einen Hamburger von McDonald's», gestand Laura gedankenverloren.

«Moment, bist du nicht Vegetarierin?»

«Doch, aber wenn man auf Diät ist, darf man doch auch die Speisekarte lesen.»

«Ich träume seit Monaten von Schmalzfleisch. Aber das soll man in der Schwangerschaft nicht essen. Auch wenn das nicht wissenschaftlich bewiesen ist. Man hält sich ja trotzdem daran. Was man als perfekte Mutter nicht alles tun beziehungsweise lassen sollte ...»

«Und am Ende wird sowieso wieder alles über den Haufen geworfen ... Sieh dir unsere Eltern an. Sie haben ihre Gewohnheiten kein Stück geändert. Ich werde mich um all das jedenfalls nicht scheren, wenn ich irgendwann einmal schwanger sein sollte», stellte Jeanne klar. «Und jetzt hätte ich gern einen Mojito! Jacques' simple Weine kann ich langsam nicht mehr ertragen. Was haltet ihr davon, in die Stadt zu fahren und dort etwas trinken zu gehen? Dabei können wir gleich ein Komplott schmieden, wie wir weiter mit unseren Männern umgehen. Auf jeden Fall müssen wir Martine und Antoinette auf unsere Seite ziehen ...»

Und so kam es, dass die Frauen der Familie am zweiten Abend beim Aperitif etwas zu verkünden hatten. «Wir haben heute Morgen eine wichtige Entscheidung getroffen», begann Martine. «Ab jetzt wird es rosafarbene und blaue Tage geben.»

«Äh, entschuldige, Martine, auf diese Bezeichnungen hatten wir uns aber nicht geeinigt», unterbrach Stéphanie sie. «Mit der Schule streite ich mich schon genug wegen diesem sexistischen Humbug, da möchte ich mich nicht auch noch im Urlaub damit rumplagen. Nennen wir sie einfach Frauen- und Männertage.»

«Meinetwegen. Was ich sagen wollte: Es wird Frauen- und Männertage geben – und zwar ab sofort.»

«Moment, das habe ich gerade nicht ganz verstanden, Stéphanie. Wo genau liegt das Problem bei rosa und blau?», hakte Laura nach.

«Das liegt doch auf der Hand. Es fängt damit an, dass wir es in Ordnung finden, wenn alle Mädchen in Rosa ausgestattet werden und Jungs in Blau, und später kriegen die Töchter dann einen Spielzeugstaubsauger oder Puppengeschirr zu Weihnachten geschenkt und die Söhne eine Konsole für Ballerspiele oder Superhelden-Kostüme. Und jetzt rate mal, was dann dreißig Jahre später geschieht?»

«Glaubst du nicht, dass das übertrieben ist, Stéphanie?», meldete sich Jacques zu Wort.

«Da ist schon was dran, mein Lieber, denn genau darauf wollten deine Schwiegertöchter und ich hinaus», widersprach Martine.

«Aber ich sehe nicht, was das mit Sexismus in der Schule zu tun haben soll, Stéphanie», mischte sich Alexandre ein.

«Das will ich dir erklären. Es beginnt mit rosa und blau, aber dann stellst du fest, dass man deine Söhne mit Geschichten konfrontiert, in denen suggeriert wird, dass die Mädchen nur mit Mädchen spielen und die Jungs möglichst unter sich bleiben sollen. Geschichten, in denen Sätze vorkommen wie: ‹Oh, der Junge hat sich vertan, er spielt mit den Mädchen.› Diese Geschichte lässt die Lehrerin zwei Mal als Hausaufgabe lesen, und die Kinder müssen sie selbstverständlich ins Heft kleben, damit sie sie immer parat haben.»

«Tut mir leid, aber ich sehe das Problem noch immer nicht», beharrte Alexandre. «Es ist doch gut, wenn sie von Anfang an erklärt bekommen, wie die Gesellschaft funktioniert. Seltsam ist es doch schon, wenn dein Sohn nur mit Mädchen spielt, oder nicht? Ich stimme hier jedenfalls eher mit der Lehrerin überein.»

«Kann hier bitte mal jemand erklären, worin diese neue Frauen- und Männerregel besteht? Der Weißwein wird nämlich langsam warm, und ich verdurste gleich», rief Jacques und hob sein Glas Coteaux-du-Layon.

«Um es einfach zu machen», antwortete Jeanne, «heute haben wir Frauen uns um alles gekümmert, gestern übrigens auch. Aber damit enden die All-inclusive-Ferien nun für euch. Morgen kauft ihr ein und bereitet Mittag- und Abendessen vor. Übermorgen sind wir dann wieder dran. Immer abwechselnd also.»

«Ich verstehe nicht, warum ihr dafür extra Regeln aufstellen müsst. Wir sind doch nicht bei der ‹Super Nanny›. Ihr braucht uns nur zu fragen, dann gehen wir euch zur Hand», erwiderte Matthieu.

«Genau das wollen wir eben nicht. Wir wollen nicht jeden Tag zur Verfügung stehen müssen und nur hier und da Hilfe bekommen. Wir wollen auch mal das Gefühl haben, im Urlaub zu sein, zumindest alle zwei Tage. Das ist ja wohl nicht zu viel verlangt.»

«Und? War's das jetzt, ihr Femen?», erkundigte sich Nicolas mit ironischem Unterton, wofür er sofort einen tödlichen Blick von Jeanne erntete.

«Solange sie uns auch alle zwei Tage ihre Brüste zeigen, habe ich nichts dagegen», setzte Alexandre noch einen drauf.

Laura brach das unbehagliche Schweigen, das daraufhin im Raum herrschte: «Ich möchte darauf hinweisen, dass Antoinette ebenfalls zu unserem Team gehört.»

Die Nadel im Heuhaufen suchen

Trotz des holprigen Starts war die Woche im Großen und Ganzen ganz gut verlaufen. Alle hatten sowohl die Frauenabende («Wer möchte noch Entschlackungstee?») als auch die Männerabende («Dieses Spiel ist saisonentscheidend!») überstanden.

Alle hatten überlebt – nur Jacques' Nase war arg in Mitleidenschaft gezogen worden. Obwohl er seine Antihistamintabletten eingenommen hatte, konnte niemand mehr übersehen, dass er gegen Jack allergisch war. Wenn es regnete und sie drinnen bleiben mussten, war es am schlimmsten, weil Laura sich kategorisch weigerte, den Hund nach draußen zu bringen. Martine hielt sich raus, aber Jacques wusste, dass er das Thema ansprechen musste, wenn die Kinder die nächsten Ferien wieder bei ihnen verbringen wollten. Er würde sich nicht noch einmal zwingen lassen, mit diesem Köter unter einem Dach zu leben.

Zum Glück wurde das Wetter zwischenzeitlich ein wenig besser, und Jacques konnte mehr Zeit im Garten verbringen. Seine Nutzbeete gediehen prächtig. Er hatte die Kleinen mitgenommen, doch zu seiner großen Enttäuschung hatten Paul und Jules nicht einmal Zucchini von Gurken unterscheiden können. *Ah, diese Großstadtkinder!* Beim Ostereiersuchen hingegen waren sie deutlich schneller als er und Antoinette gewesen und auch nicht davor zurückgeschreckt, sich bis in die Brennnesseln vorzuwagen. Stéphanie hatte sich entschieden darüber empört, dass dort überhaupt Eier versteckt worden waren.

Als sich die Feiertage langsam dem Ende zuneigten, war Jacques dennoch nicht unglücklich.

Er saß am brennenden Kamin in seinem Sessel und gönnte sich eine Ruhepause nach dem Essen, bis Stéphanie ihn aus seinen Gedanken riss. «Jacques, wann sollten die Handwerker kommen? Jetzt ist es nämlich zu spät. Schau mal, plötzlich hatte ich das Geländer in der Hand.» Sie hielt ihm ein Stück Eisenrohr hin.

«Hast du daran gerüttelt wie eine Wahnsinnige oder was?»

«Natürlich nicht, ich habe mich lediglich vorgebeugt, um die Fensterläden für den Mittagsschlaf der Kleinen zu schließen. Ich hätte mich zu Tode stürzen können, Jacques. Dafür muss sofort eine Lösung her.»

«Lass die Fensterläden nach dem Mittagsschlaf doch einfach geschlossen, die Kinder spielen anscheinend sowieso nie in ihrem Zimmer, die Legosteine sind im ganzen Haus verteilt. Ich kümmere mich dann darum, sobald ihr weg seid.»

«Wenn die Handwerker dann da sind, sollen sie sich aber auch gleich mal euer Tor anschauen. Das Schloss rastet nicht richtig ein. Und dahinter verläuft gleich die große Straße. Das ist total gefährlich für die Kinder. Zum Glück regnet es ja die meiste Zeit, und Jules und Paul spielen nicht so oft draußen.»

«Da fällt mir übrigens etwas ein. Fändest du es nicht nett, wenn ich den Kindern für den Sommer ein Spielhaus baue?»

«Ich fände es nett, wenn du dich zunächst einmal um ihre Sicherheit kümmern würdest. Wenn das erledigt ist, können wir darüber noch einmal reden, okay? Hast du Matthieu gesehen? Ich suche ihn überall.»

«Wahrscheinlich ist er mit seinen Brüdern im Fernsehzimmer.»

«Schon wieder? Sie haben doch gestern schon den ganzen Tag dort verbracht. Matthieuuuu?»

Jacques lehnte sich in seinem Sessel zurück und war schon fast eingedöst, als etwas Schweres auf ihm landete. Der Hund war einer Fliege hinterhergejagt und ihm auf den Schoß gesprungen. Bei der Gelegenheit schnappte er sich gleich den Butterkeks, der im Sessel zwischen Lehne und Sitzfläche gerutscht war, ehe er so schnell verschwand, wie er gekommen war.

«Ahh!», brüllte Jacques, jetzt wieder hellwach. «Ab in deine Ecke. Ha ... ha ... ha ... tschschschiii!»

«Im Fernsehzimmer sind sie nicht», vermeldete Stéphanie, die ins Wohnzimmer zurückgekehrt war. «Weißt du wirklich nicht, wo ich sie finden kann?»

«Keine Ahnung ... ach doch, warte mal, vorhin haben sie überlegt, nach Dinard raufzufahren, um ins Casino zu gehen. Anscheinend haben sie es wirklich gemacht. Willst du dich nicht setzen und ein wenig entspannen? Nutz die Zeit, wenn die Kleinen schlafen, um dich auch mal auszuruhen, Stéphanie.»

«Nein, erst gehe ich nachsehen, ob das Auto vor der Tür steht. Wie dreist ist Matthieu eigentlich, mich hier allein mit den Kindern sitzenzulassen, noch dazu, ohne mir Bescheid zu sagen!» Sie zog sich eine Jacke über und nahm sich im Gehen einen Keks, ehe sie hinausging. Als sie das Haus wieder betrat, war sie stinksauer: «Die Herren sind anscheinend mit *unserem* Wagen gefahren und ohne ihre Handys. Die können sich auf was gefasst machen! Aber bis sie zurück sind, lege ich mich jetzt wirklich hin, du hast recht. Wo sind übrigens Laura und Jeanne?»

«Ich glaube, sie sind mit Martine fürs Abendessen einkaufen gegangen.» Jacques machte es sich zum dritten Mal in seinem Sessel bequem. Kurz bevor er sich von einem traumlosen Schlaf übermannen ließ, kam ihm noch der Gedanke, dass er Martine hätte anbieten können, sie zum letzten Einkauf für den Besuch zu begleiten, aber nun ja ... er hatte nicht daran gedacht. Sie hoffentlich auch nicht. Außerdem beglückwünschte er sich selbst zu der Idee mit dem Spielhaus. Das hatte Stéphanie beruhigt, die ihm mit dem Geländer und dem Tor wirklich auf die Nerven gegangen war. *Also, nur noch ein Schläfchen und dann adieu alle miteinander. Ende gut, alles gut!*, dachte er bei sich.

Der Mörder ist immer der Gärtner

Als Martine und ihre beiden Schwiegertöchter vom Einkaufen zurückkehrten, waren sie erstaunlich gut gelaunt. Jacques hörte sie aus voller Kehle lachen und ging ihnen neugierig entgegen. «Das war ja wohl zum Schreien, als er deinen Virgin Mojito gesehen und gesagt hat: ‹Ich wusste gar nicht, dass es so was gibt, Mojito mit Cola.› Was für ein Schwachkopf!», rief Jeanne.

«Na, war der Einkauf erfolgreich?», erkundigte er sich.

«Was hast du eigentlich mit meinem Hund gemacht, Jacques?», wollte Laura wissen, anstatt zu antworten.

«Ich habe gar nichts gemacht, auch wenn ich nicht wenig Lust hätte, ihn vor die Tür zu setzen. Meine Nase und mein Hals jucken wie verrückt, es ist fürchterlich!»

«Dann lass dir stärkere Medikamente verschreiben», tat Laura sein Leiden lapidar ab.

«Klar, am besten Antidepressiva», grummelte Jacques leise.

«Warte mal, hör ich da nicht die Kleinen?», fragte Martine, nicht zuletzt, um das Thema zu wechseln.

«Sie sind anscheinend aus dem Mittagsschlaf aufgewacht. Jacques, wo ist denn Stéphanie?»

«Woher soll ich immer wissen, wo alle sind? Warum fragt mich das jeder? Wahrscheinlich schläft sie.»

«Vielen Dank für deine Hilfe, wirklich sehr liebenswürdig. Dann werde ich Paul und Jules wohl mal holen gehen, ehe sie noch ihre Mutter aufwecken. Wenn du so lange wenigstens die Einkäufe in den Kühlschrank räumen würdest», sagte Martine und machte sich auf den Weg nach oben.

Einige Minuten später kam sie mit den beiden Jungen an der Hand wieder herunter. «Jacques, in dem Zimmer, in dem die Kinder schlafen, ist jetzt *überhaupt* kein Fallschutz mehr. Das ist eine Katastrophe! Die Kinder wären fast abgestürzt, als sie mir helfen wollten, die Fensterläden zu öffnen. Du musst etwas unternehmen, ehe Stéphanie es bemerkt.»

«Zu spät, sie hat sicher bereits die Aufsichtsbehörde informiert. Ich gehe mal rauf und sehe es mir an, mach dir keine Sorgen. Was hältst du eigentlich davon, wenn wir hinten im Garten ein Sommerhaus für die Kleinen bauen?»

«Hmm ... ich glaube, sie hätten lieber einen Pool.»

Murrend stieg Jacques die Treppe hinauf. Als er allerdings hörte, wie seine Söhne das Haus betraten, machte er sofort wieder kehrt und ging zu ihnen hinunter. «Ach, da seid ihr ja! War's gut im Casino? Wie viel habt ihr verloren?»

«Wir waren gar nicht im Casino, sondern haben in

Dinard nur am Hafen gesessen und ein Bier getrunken», stellte Alexandre klar.

«Jacques, jetzt mal im Ernst, wo ist mein Hund?», ließ Laura nicht locker. «Ich habe ihn überall gesucht und kann ihn nirgends finden.»

«Aber vor nicht einmal einer Stunde war er noch da. Er ist mir auf den Schoß gesprungen und hat mir einen Keks gestohlen. Weit kann er nicht sein.»

«Jacques, das Tor war nicht zu, als wir zurückkamen, wenn ich das anmerken darf», schaltete sich Jeanne ein.

«Was?», rief Laura.

«Ich habe dir doch gesagt, dass nicht nur die Geländer kaputt sind, sondern auch das Tor repariert werden muss.» Das war Stéphanie, die ihren Mittagsschlaf offensichtlich beendet hatte.

«Das klärt sich sicher gleich auf, Laura», versuchte Martine sie zu beruhigen. «Wir suchen ihn jetzt zusammen. Weit kann er nicht sein. Gerade eben war er doch anscheinend noch da.»

«Ich mache so lange mal ein bisschen Musik an, damit ihr alle euch etwas entspannt», sagte Jacques und schaltete die Stereoanlage ein. «Wo ist denn meine CD? Wer hat sie rausgenommen? Noch dazu, um Goldman reinzulegen!»

«Das ist jetzt nicht der Moment, um unsere Ohren mit deiner Musik zu strapazieren. Kümmere dich lieber darum, *deinen* Fehler wiedergutzumachen, und beteilige dich an der Suche nach dem Hund», schnauzte Martine ihn an. «Wahrscheinlich warst du draußen, um wieder in deinen geliebten Gemüsebeeten herumzuwüten, und hast das Tor dabei offen stehen lassen.»

«*Meinen* Fehler? Ladet euren ganzen Mist nur bei mir ab. Ich bin nicht rausgegangen und habe das Tor hinter mir offen gelassen. Ich sehe jetzt niemanden im Speziellen an, aber ...», sagte er und drehte sich zu Stéphanie um.

«Jacques, es ist doch wirklich schnurzpiepegal, wessen Fehler es war», fuhr Martine ihm über den Mund.

«Fest steht auf jeden Fall, dass das Ganze nicht passiert wäre, wenn wir den Hund draußen angebunden hätten, wie ich von Anfang an vorgeschlagen habe», konnte sich Jacques nicht verkneifen.

«Schluss jetzt!», rief Martine entnervt. «Damit hast du den Bogen überspannt. Deine ewige Besserwisserei kannst du dir an den Hut stecken. Ständig hört man von dir ‹so macht man dies›, ‹so muss man das machen›. Manchmal habe ich das Gefühl, mit einem Diktator zusammenzuleben.»

«Ich, ein Diktator? Dafür muss sich deine Mutter bei mir entschuldigen!», rief Jacques entrüstet und sah zu Matthieu. «Ich soll ein Diktator sein! Sie verliert wohl langsam den Verstand, die Arme ...»

«Lass Matthieu in Ruhe! Lass uns alle in Ruhe, verdammt!», platzte Martine der Kragen.

«Oma hat ein Zzchimpfwort benutzzt», rief der kleine Jules.

Sauertöpfisch

Eine Woche war vergangen, seit die ganze Bagage sie wieder verlassen hatte. Jacques war mit sich im Reinen. Er hatte nie daran gezweifelt, dass sie den Hund wiederfinden würden. Sicher, er war relativ lange weg gewesen, und Laura und Alexandre hatten ohne ihn nach Paris zurückkehren müssen. Was zählte, war doch aber, dass sie ihn nun wohlbehalten zurückbekämen.

Laura würde ihm auf der Stelle besser gesinnt sein.

Das Verhältnis zu seiner Schwiegertochter meinte Jacques auf diese Weise kitten zu können. Bei Martine hingegen war er sich nicht so sicher. Sie hatte die ganze Woche nicht mit ihm gesprochen und nahm sogar Schlafmittel, sodass sie nicht einmal mitbekam, wenn er ins Bett ging. Auch schlug sie seine Einladungen zum Mittagessen aus und verbrachte ihre Pausen stattdessen mit Daniel.

Um sie versöhnlich zu stimmen, beschloss Jacques, die Kinder mit ins Spiel zu bringen. Wenn es um sie ging, konnte Martine gar nicht hart bleiben. Und die Sache mit dem verdammten Hund kam ihm dabei sehr gelegen.

«Grüß dich, Laura. Hier ist Jacques.»

«Hallo.»

«Wir haben Jack wiedergefunden. Und zwar ganz in der Nähe, im Garten eines Nachbarn! Es geht ihm blendend. Ich könnte ihn dir bringen und würde dann noch am selben Abend zurückfahren, wenn es dir passt.»

«Ja, bitte. Morgen?»

«Ähm, ausgerechnet morgen sind die Handwerker wegen der Geländer vor den Fenstern hier, also eher übermorgen.»

«In diesem Fall kannst du auch gleich am Wochenende mit Martine kommen.»

«Gern», antwortete Jacques und bemühte sich, erfreut zu klingen. «Bis Samstag also.»

«Und vergiss nicht, dass die Handwerker auch das Tor reparieren sollen», schob Laura noch hinterher.

Als Martine von der Arbeit nach Hause kam, verkündete Jacques ihr, dass Laura sie übers Wochenende nach Paris eingeladen habe.

Martine nickte nur und sagte: «Dann denkst du bitte daran, dich wegen des Hundes noch zu entschuldigen, das hast du bestimmt am Telefon vergessen. Gute Nacht!»

Als sie mit dem Hund im Fond des Autos nach Paris fuhren, merkte Jacques schon nach kurzer Zeit, wie seine Nase zu jucken begann – trotz der Tablette, die er vorher genommen hatte. «Hast du meine Allergiemedikamente eingepackt, Martine?»

«Ja, habe ich», antwortete sie gereizt. «Sie sind in meiner Handtasche. Aber daran hättest du auch selbst denken können, oder? Brauchst du sie?»

«Nein, jetzt nicht, ich nehme dann eine, kurz bevor wir zu ihnen reingehen. Aber ich warne dich schon mal vor, mit der Katze noch dazu werde ich es wahrscheinlich nicht überleben. Ich hoffe, du weißt zu würdigen, was ich mit dieser Fahrt zu Alexandre und Laura auf mich nehme, um die Sache wieder geradezubiegen.»

Martine sah ihn abschätzig an.

«Okay, ich sag ja gar nichts», ruderte Jacques zurück und schenkte seine gesamte Aufmerksamkeit wieder der Straße. «Von mir hörst du keinen Ton mehr!»

Jacques verließ sein Zuhause wirklich nur sehr ungern, und noch weniger gern schlief er bei einem seiner Söhne auf dem Sofa. Er fühlte sich zu alt für so etwas, doch wenn es der Preis war, den es zu zahlen galt, um sich mit Laura und Martine wieder zu versöhnen, würde er die Bürde auf sich nehmen. Aber er hing eben an seinen kleinen Gewohnheiten und hatte am liebsten seine Ruhe. Die Arbeit war dieses Mal gar nicht der Grund dafür. Er hatte sogar vergessen, seinen BlackBerry mitzunehmen. Und Martine hatte sich gehütet, ihn daran zu erinnern.

Jetzt litt er schon im Voraus auf dreierlei Weise: Er konnte nicht zu Hause sein, der Hund und die Katze würden ihm das Leben schwer machen, und vor allem ... Laura! Von all seinen Schwiegertöchtern war sie die schwierigste. Das Versöhnungswochenende könnte zu einer heiklen Angelegenheit werden. Egal bei welchem Thema, sie sah überall nur das Schlechte und nahm alles persönlich. Außerdem war sie nachtragend. Und wenn sie mit zweiunddreißig schon so leicht außer sich geriet, verhieß es für die kommenden Jahre nichts Gutes. Gerade deshalb durfte er die Sache nicht in den Sand setzen. Jacques hatte sogar eine Liste mit Themen erstellt, die unbedingt zu vermeiden waren: Ernährung, Politik, Geld, Tiere, sagte er sich nun im Kopf noch einmal auf. Oft fragte er sich, wie sein Sohn es mit so einer Zicke, die derart auf ihren Prinzipien beharrte, überhaupt aushielt. Aber sie waren schon seit mehr als drei Jahren zusammen. Liebe macht eben blind, wie man so schön sagt ...

Als sie ankamen, fuhr Jacques erst einmal zwanzig Minuten um den Block, um einen Parkplatz in einer Lieferzone zu ergattern. Dann nahm Martine den Hund und Jacques den Bonsai, den er als Entschuldigung gekauft hatte – dieses Mal ein Geschenk ohne hintergründige Botschaft, was für ihn eine beachtliche Leistung war.

Vor der Tür nahm Jacques noch schnell eine Allergietablette und holte tief Luft. Die Tortur begann. Das ausschließlich aus Gemüse bestehende Abendessen würde auch noch seinen Teil dazu beitragen ...

«Guten Abend, Alexandre, guten Abend, Laura. Hier habt ihr euren Jack zurück», sagte Martine zur Begrüßung.

Dann war Jacques an der Reihe. «Hallo, Laura, hallo, Alex. Ich habe euch noch eine Kleinigkeit mitgebracht. Um mich zu entschuldigen.» Er hielt ihnen den Bonsai hin. «Und unser Tor habe ich auch reparieren lassen», fügte er noch hinzu, als hätte er den Himalaja erklommen.

«Gut so! Nehmt schon mal auf dem Sofa Platz. Dann können wir euch gleich unsere Pläne für den heutigen Abend erzählen: Jetzt gibt es erst einmal einen Aperitif, anschließend gehen wir ins Theater, und zum Abendessen kommen wir dann wieder nach Hause.»

«Theater! Das ist aber eine schöne Überraschung. Jacques und ich, wir lieben es, ins Theater zu gehen. Wir würden das gern öfter machen, aber bei uns zeigen sie meist nichts Spannendes. Danke, Laura, für diese Idee.»

«Ich stimme Martine voll zu! Mit Opern kann ich nichts anfangen, aber aufs Theater lass ich nichts kommen. Schauen wir ein klassisches Stück oder Boulevard?» Jacques gähnte.

«Boulevard. Über das Stück hört und liest man nur Gutes, ich hoffe, das trifft zu», antwortete Alexandre.

Laura, die zwischenzeitlich in der Küche verschwunden war, kehrte mit einem Tablett voller gefüllter Gläser zurück.

«Jetzt nehmt doch Platz. Das ist nur also die kleine Vorspeise, damit wir nicht hungrig im Theater sitzen. In der Hälfte der Gläser ist Rucola mit frischem Ziegenkäse und in der anderen Aubergine mit Mozzarella, eine Art vegetarische Lasagne.»

Möglichst unauffällig warf Jacques Martine einen verzagten Blick zu, der sofort mit einem bösen Funkeln ihrerseits geahndet wurde. Aber er hasste Rucola, und Auberginen erst recht. Selbst Antoinette, seine Mutter, hatte ihn noch nie dazu bringen können, sie zu essen.

«Das sieht ja wirklich verführerisch aus, Laura», lobte Martine unterdessen.

«Ich empfehle euch, mit Rucola und Ziegenkäse zu beginnen, weil es das frischere ist.»

Martine stieß Jacques, der ein wenig unbeholfen neben ihr auf dem sehr niedrigen Sofa saß, diskret mit dem Ellbogen an. Daraufhin probierte er mit spitzen Lippen einen halben Löffel voll. Überrascht sah er seine Frau erneut an. Den zweiten Löffel des Rucola-Käse-Gemischs aß er schon entschlossener, und beim letzten achtete er darauf, ja nichts übrig zu lassen. «Um ehrlich zu sein, kann ich Rucola nicht ausstehen», gestand er dann, «aber das hier ... das ist köstlich. Kompliment, Laura! Wenn du noch etwas davon übrig hast, nehme ich es gern, zumal ich kein allzu großer Fan von Auberginen bin.»

«Bei Obst und Gemüse bist du aber ganz schön schwierig», neckte Laura ihn. «Kann man sich das überhaupt leisten, wenn man auf seinen Cholesterinspiegel achten muss? Tut mir leid, aber mehr habe ich davon nicht. Probier doch trotzdem mal die Aubergine, wenn du nicht gerade allergisch dagegen bist, und dann sag mir, was dir daran nicht schmeckt.»

Jacques wich dem Blick seiner Frau aus, die ihn herausfordernd ansah, und musste schlucken, ehe er den Löffel in das Glas steckte. Er versuchte, die Aubergine zu umgehen und nur Mozzarella zu erwischen, doch wie bei einer echten Lasagne waren die beiden Zutaten untrennbar miteinander vermengt. Schließlich aß er ein winziges bisschen und musste zugeben, dass er den karamellisierten Geschmack mochte. Er löffelte weiter, und wenig später war der Inhalt des Glases in seinem Magen verschwunden.

«Für jemanden, der keine Auberginen mag, bist du aber ganz schön schnell fertig. Und, wie hat es dir geschmeckt?», erkundigte sich Laura.

«Na ja, normalerweise mag ich Auberginen wirklich nicht, das heißt, ich kann sie nicht ausstehen. Aber dies hier war erstaunlich gut. Wenn jemand seins nicht aufisst, kann er es gern mir geben. Und das sage ich nicht aus Höflichkeit, so gut kennt ihr mich.» Jacques gähnte abermals.

«Ja, in der Tat, wir kennen dich!», bestätigte Laura in einem Ton, dem ihr Schwiegervater lieber keine Bedeutung zumaß. «Nun esst auf, damit wir loskönnen!»

Als Martine und Jacques am Ende des Abends in Lauras und Alexandres Wohnzimmer auf dem Klappsofa lagen, schimpfte Martine leise los: «Du bist wirklich unerträglich, Jacques. Ich schäme mich deinetwegen. Hast du das absichtlich getan? Das wird dir Laura nie verzeihen. Nur einen Abend lang, ein einziges Mal, solltest du dir Mühe geben, und dann schläfst du im Theater ein.»

Kleinlaut wich Jacques dem Blick seiner Frau aus.

«Man hat nur noch dein Schnarchen gehört. Das war wirklich äußerst peinlich. Alle haben sich zu uns umgedreht. Du brauchtest gar nicht mehr zu sagen, dass es dir nicht gefallen hat, das hat Laura auch so verstanden.»

«Aber ich schwöre dir, Martine, ich weiß nicht, was passiert ist! Ich habe ja versucht, dagegen anzukämpfen, aber ich war einfach zu müde. Das lag sicher an der Autofahrt. Dazu noch die Allergie ... Ich ärgere mich doch selber, ehrlich, ich liebe die Stücke, die sie in diesem Theater spielen, und ich bin mir sicher, dass auch dieses genial war, selbst wenn ich es nicht genau beurteilen kann, weil ich nur den Anfang gesehen habe!»

«Die ersten fünf Minuten hast du gesehen, meinst du! Ich muss sagen, ich glaube eher, du warst davon überzeugt, der Abend würde langweilig werden, und hast deshalb ein Schlafmittel genommen, um ihn abzukürzen. Auf dem Rückweg im Auto hast du praktisch auf meinem Schoß gelegen und gepennt! Immerhin hat die Katze bei dir heute Abend nicht noch allergische Reaktionen hervorgerufen.»

«Soll das ein Scherz sein? Ich bin gerade von meinem eigenen Niesen aufgewacht. Die Medikamente wirken auch immer schlechter. Vielleicht hat Laura recht, und ich sollte etwas Stärkeres ausprobieren. Gib mir doch mal deine Handtasche. Ich muss noch eine Tablette nehmen, sonst schlafe ich nie wieder ein.»

«Du weißt, dass die zweite nicht mehr wirkt! Sei vorsichtig mit deiner Selbstmedikation.»

Jacques griff selbst nach Martines Handtasche und holte die Medikamente heraus. Gerade wollte er eine Tablette schlucken, als seine Frau rief: «Aber was machst du denn da?»

«Wie? Das sieht man doch. Ich nehme eine von meinen Pillen.»

«Aber das ist mein Stilnox!»

«Was? Nein, das sind meine Zyrtec, die Tablette ist weiß, sieh mal!»

«Lies lieber, was draufsteht! S-T-I-L-N-O-X.»

«Moment, ich habe meine Brille gerade nicht griffbereit.»

«Wie blöd bist du eigentlich? Wenn du deine Allergietabletten mit meinem Schlafmittel verwechselst, verstehe ich deinen Zustand von heute Abend sogar», sagte Martine seufzend.

«Das ist deine Schuld! Sie sehen genauso aus! Wieso packst du sie auch zusammen? Und könntest du mir bitte verraten, warum du Schlaftabletten in deiner Tasche hast?»

«Und schon bin ich wieder schuld. Jetzt reicht's aber! Sieh dich vor, Jacques! Du weißt genau, warum ich sie brauche. Ich tue kein Auge zu, wenn ich nicht zu Hause schlafe. Zumindest können wir Laura jetzt eine Erklärung liefern, auch wenn ich dich daran erinnern darf, dass wir gekommen waren, um den Bock, den du mit Jack geschossen hast, vergessen zu machen, und nicht, um für einen neuen diplomatischen Eklat zu sorgen. Aber du hast es mal wieder geschafft!»

Mit Speck fängt man Mäuse

Da Jacques bei Laura ohnehin nur noch verlieren konnte, versuchte er es mit einer neuen Strategie. Er verwendete all seine Energie auf Stéphanie, diejenige seiner Schwiegertöchter, bei der er am leichtesten Punkte sammeln konnte, wenn er sich Mühe gab. Außerdem war sie derzeit geschwächt: Die Schwangerschaft erschöpfte sie sehr.

Nachdem die Geländer inzwischen repariert, das Tor gesichert und die Spielhütte für die Kinder bestellt war, bot Jacques Stéphanie an, ihr im Juli, vor dem gemeinsamen Sommerurlaub, zwei Wochen lang die Kinder abzunehmen. Währenddessen könne sie sich ein wenig erholen und sich auf die Geburt des dritten vorbereiten. Eine List, um einerseits die Beziehung zu ihr ein wenig zu verbessern und andererseits zu erreichen, dass seine Frau ihm endlich verzieh.

Stéphanie nahm das Angebot spontan und gern an, hoffte allerdings, dass Martine ebenfalls anwesend sein würde, um ein Auge auf das Ganze zu haben.

Jacques konnte es kaum erwarten, seine Rolle als Großvater zu spielen und die beiden Kleinen «richtig einzunorden», wie er es nannte. Er hatte sich viel vorgenommen. Insbesondere wollte er ihnen beibringen, wie man einen Nutzgarten pflegt, sie sollten diverse Bäume kennen- und unterscheiden lernen, und er wollte sie mit zur Schatzsuche an den Strand nehmen.

Schließlich war es so weit, und die Kinder kamen, um zwei Wochen bei ihren Großeltern zu verbringen. Ohne ihre Eltern benahmen sich Paul und Jules tadellos. Sie waren wissbegierig, brav und konnten gar nicht genug von ihrem Opa bekommen. Jacques hätte nie gedacht, dass es ihm so viel Freude machen würde, mit seinen Enkeln zusammen zu sein. Bei jedem Wetter verbrachten sie ganze Nachmittage lang im und um das Spielhaus. Jacques saß draußen, die Kleinen, als Ritter verkleidet, drinnen, und gemeinsam retteten sie eine Prinzessin (die einarmige Puppe) oder versteckten einen Schatz (Schokolade), während sie zwischendurch immer wieder Chansons von Michel Sardou sangen.

Martine beobachtete aus der Ferne, wie die drei Musketiere miteinander lachten. Wenn sie für die Kleinen Saft und Kekse brachte, legte sie manchmal auch etwas Süßes für den Opa dazu. Am Abend ging es mit einem «Piratenbad» und dem Essen an der «königlichen Tafel» weiter. Als Gutenachtgeschichte las Jacques aus «Mein erstes Buch vom Wald» vor und besprach nebenbei mit seinen Enkeln, was man im Wald – oder in einem Nutzgarten – alles an Essbarem finden konnte.

Endlich hatte auch Martine einmal das Gefühl, Urlaub zu haben. Ihr Blutdruck, der regelmäßig zu niedrig war, hatte sich vollkommen normalisiert. Und Jacques war nicht wiederzuerkennen. Der Mittagsschlaf der Kleinen dauerte ihm plötzlich zu lange. Er konnte es kaum erwarten, dass sie aufwachten, damit er wieder etwas mit ihnen unternehmen konnte. Auf einmal war er kreativ wie nie. Nachdem das Spielhäuschen den letzten Feinschliff erhalten hatte, baute er hinten im Garten ein Kasperltheater, dachte sich Schnitzeljagden aus und sorgte dafür, dass in der Schatzkiste des Spielhäuschens regelmäßig Brausebonbons nachgefüllt wurden.

Nicht ein einziges Mal dachte er an die Arbeit, und als die Firma anrief und ihn bat, auf einer Baustelle vorbeizuschauen, überraschte er sich selbst, indem er sagte, dass er nicht zur Verfügung stehe und sie den jungen Ingenieur schicken sollten. Martine hoffte, diese neue Haltung möge andauern, glaubte allerdings nicht wirklich daran.

Am letzten Tag zu viert bedauerten Jacques und Martine, dass die schöne Zeit nun schon vorbei war. Ihre bezaubernden Enkel, die sich mit Rückkehr der Eltern wahrscheinlich in zwei launische Jungen zurückverwandelten, würden ihnen sehr fehlen.

Nachdem Martine während der gesamten zwei Wochen mit Paul und Jules nichts an Jacques auszusetzen gehabt hatte, ermutigte sie ihn, genauso weiterzumachen, wenn anschließend die ganze Familie für zehn Tage anrücken würde. Immer wieder lobte sie seine gute Laune. Es waren doch nur zehn Tage, in denen er gegenüber seinen drei Schwiegertöchtern – und Martine – höflich, liebenswürdig, hilfsbereit und unterhaltsam sein sollte. Zehn vermaledeite Tage.

Was sich liebt, das neckt sich

Es war vorhersehbar gewesen: Kaum trafen Matthieu und Stéphanie ein, stieg die Spannung wieder spürbar. Jules und Paul waren nicht einmal weniger brav, aber Jacques und Martine mussten sich sofort spitze Bemerkungen von Stéphanie anhören. Sie beschwerte sich über Matthieu, der nicht genug half, und über Martines Kühlschrank, in dem sie nichts fand, das sie mochte.

Als sich Martine daraufhin gleich schlecht fühlte, nahm Jacques die Sache in die Hand und beschloss, ein Wörtchen mit Matthieu zu reden: «Deine Kinder waren in den zwei Wochen bei uns wahre Engel. Wenn es euch hilft, würden wir uns freuen, sie im nächsten Jahr wieder für eine Weile zu nehmen. Aber dafür müsst ihr uns jetzt in den nächsten zehn Tagen auch ein bisschen unterstützen. Der Blutdruck deiner Mutter ist schon wieder gefährlich niedrig, und ich möchte nicht mit ansehen, wie sie unter der Last von Einkäufen, Küchenarbeit und Kinderbeschäftigung langsam zerbricht. Und vor allem verkneift euch bitte, sie vor den Kopf zu stoßen, das gilt sowohl für dich als auch für Stéphanie.»

«Botschaft angekommen», sagte Matthieu. «Und ich habe auch schon eine Idee, wie wir die Aufgaben besser verteilen können, aber warten wir, bis die anderen heute Abend da sind, dann können wir das gemeinsam besprechen. Was Stéphanie angeht, versuche ich, ihr zu verklickern, dass sie sich ein bisschen zurücknehmen soll, aber sie ist im Moment sehr empfindlich. Es sind wohl die Hormone ...»

Der Tag zog sich endlos hin. Stéphanie jammerte in einer Tour, dass sie wegen ihres Ischiasnervs nicht lange sitzen, aber auch nicht am Strand spazieren gehen könne, dass sie dauernd zur Toilette müsse und es unfair sei, dass sie weder von dem nicht ganz durchgebratenen Rind noch von dem Wein probieren dürfe, dass sie es nicht ohne Pause die Treppe hinauf schaffe, dass sie Kopfschmerzen habe und ihre Hüftgelenke weh täten und dass es in ihrem Bauch hoch hergehe, sobald sie versuche, sich hinzulegen. Mit anderen Worten, sie hatte miese Laune, und alle beeilten sich, ihr ein Kissen zu reichen, um ihren Rücken zu entlasten, ihr das Steak beinahe schwarz zu braten, die Kleinen oben ins Bett zu bringen, ihr das Kreuz zu massieren und ein warmes Bad einlaufen zu lassen. Dennoch herrschte an diesem ersten Ferientag alles andere als Frieden.

Als gegen 19 Uhr Laura, Alexandre, Jeanne und Nicolas eintrafen, sahen sich Martine und Jacques vielsagend an. Nun würde es erst richtig losgehen. Sie würden ein dickes Fell brauchen.

Nach der Begrüßung schenkte Martine in der Küche Champagner zum Aperitif ein. Als sie das Tablett mit den Gläsern ins Wohnzimmer trug, wurde ihr auf einmal schwarz vor den Augen. Alexandre fing sie gerade noch rechtzeitig auf, und Jacques schoss vom Sofa hoch, um ihr schnell das Tablett abzunehmen.

«Setz dich, Martine. Ich hole dir ein Glas Wasser. Auf keinen Fall aufstehen», beschwor er sie.

«Es geht schon, keine Sorge, mir ist nur gerade ein bisschen schwindelig geworden. Ich bin gleich wieder in Ordnung.»

«Ja, sicher, bis der Blutdruck wieder fällt», erwiderte Matthieu. «Wenn wir *in deinem Haus* Urlaub machen, heißt das nicht, dass *du* alles machen musst. Ich werde dir jetzt etwas sagen, das dich vielleicht überraschen wird, aber so angenehm es auch ist, sich von Mama und Papa verwöhnen zu lassen, wir sind schon groß und können auch Aufgaben übernehmen. Und vor allem hast du genauso Urlaub wie wir, was du manchmal zu vergessen scheinst. Papa und ich hatten die Idee, dass wir, wenn du einverstanden bist, dieses Mal wieder alle Hand anlegen.»

Stéphanie riss die Augen auf und verkroch sich tiefer in den Sofakissen. Zumindest hätte sie gern vorher von Matthieus Idee erfahren, dass sich, wie schon zu Ostern, alle freiwillig einbringen sollten. Nervös hörte sie, was er plante: «Wir werden alle abwechselnd einkaufen, Mittag- und Abendessen kochen und anschließend die Küche aufräumen», erklärte er.

Stéphanie, die plötzlich von einer Hitzewallung heimgesucht wurde, griff nach einer Zeitschrift, um sich Luft zuzufächeln.

«Und damit wir noch mehr Spaß haben als beim letzten Mal, werden wir diesmal Zweierteams bilden. Über die Zusammensetzung wird per Los entschieden. Ich habe alles vorbereitet», fuhr Matthieu fort und zeigte einen Zettel, auf dem «Jacques» stand.

Stéphanie war kurz davor, sich zu übergeben.

«Wenn ihr einverstanden seid, lassen wir Mama und Stéphanie außen vor. Bleiben also sechs Personen für drei Teams.»

«Super Idee!», rief Alexandre begeistert.

«Halleluja», seufzte Stéphanie erleichtert.

«Ich kann mich regelmäßig ums Mittagessen kümmern», bot Nicolas an. «Es wird nicht jeden Tag Sterneküche sein, aber ich werde mich bemühen, dass es trotzdem schmeckt. Alle einverstanden?»

«So weit kommt's noch! Ihr werdet euch sicher nicht während eures Urlaubs in die Küche stellen», widersprach Martine entrüstet. «Jacques, ich bin damit nicht einverstanden. Ich habe mich immer ums Essen gekümmert, und es gibt keinen Grund, warum ich hier jetzt plötzlich Däumchen drehen soll.»

«Mama, wir sind keine Kinder mehr, sondern echte Vielfraße! Und vor allem sind wir verantwortungsvolle Erwachsene, fast alle von uns jedenfalls», witzelte Matthieu mit einem Augenzwinkern in Richtung seines Vaters. «Alle, die damit einverstanden sind, dass immer ein Zweierteam fürs Abendessen verantwortlich ist und das Mittagessen von Nicolas zubereitet wird, bitte ich um Handzeichen.»

Jeanne, Nicolas, Stéphanie, Laura, Alexandre und Matthieu hoben den Arm. Jacques hätte es ihnen gern gleichgetan, doch Martine hinderte ihn daran.

«Sechs sind also dafür. Die Mehrheit zählt. Tut mir leid, Mama. Und jetzt zum spannendsten Teil: der Einteilung der Teams per Los. Ich entschuldige mich jetzt schon bei demjenigen, der mit Papa zusammenarbeiten muss. Viel Glück!»

«Sehr freundlich von dir ... Du solltest wissen, dass es sehr wohl zwei oder drei Gerichte gibt, die ich beherrsche», brummte Jacques. «Und zwar auf Chefkoch-Niveau!»

«Das werden wir sehen, Jacques, und vor allem schmecken!», rief Laura mit einem breiten Grinsen.

«Lassen wir die Jüngste ziehen. Jeanne? Zieh einen Zettel», forderte Matthieu sie auf.

«Und Spannung ... Das erste Team setzt sich zusammen aus ... Stéphanie!»

«Ach, ich dachte, ich müsste nicht mitmachen?», kam es sofort von ihr.

«Ah ja, tut mir leid, ich habe vergessen, deinen und Mamas Zettel rauszunehmen», entschuldigte sich Matthieu. «Kleiner Fehlstart, wir beginnen noch mal ...»

«Also, Trommelwirbel ... Das erste Team setzt sich zusammen aus ... Jacques», verkündetet Jeanne.

«Das fängt ja gut an. Da können wir uns morgen

Abend auf was gefasst machen. Stellt euch auf McDonald's ein», spottete Alexandre.

«Moment, es hängt davon ab, wer noch in seinem Team ist», merkte Jeanne an.

«Ich danke dir für deine Unterstützung, meine Liebe», schaltete sich nun Jacques selbst ein, «auch wenn meiner Meinung nach etwas wie ‹Gib ihm doch erst mal eine Chance, sich zu beweisen› passender gewesen wäre.»

«Habe ich das nicht gesagt? Wie dem auch sei, die zweite Person in diesem Team ist jedenfalls ... Jeanne! Ich?! Wir sind ein Team, Jacques!»

«Uff, wir sind gerettet! Stellt euch vor, er wäre mit Laura zusammengelost worden», rief Matthieu.

«He, das lasse ich nicht durchgehen! Ich koche sehr gut. Alexandre ist der Einzige von euch, der nicht nur aus Haut und Knochen besteht, wenn ich das anmerken darf, von Jacques mal abgesehen. Und übrigens haben er und Martine die vegetarischen Vorspeisen, die ich neulich gemacht habe, sehr gelobt ... was für den anschließenden Theaterbesuch leider nicht gilt», fügte Laura hinzu und blickte dabei vielsagend zu Jacques.

«Und weiter geht's, das zweite Paar», drängte Jeanne, um eine längere Diskussion über dieses heikle Thema zu vermeiden. «Alexandre ... und Laura!»

«Nein, nicht die Pärchen zusammen. Das ist verboten. Zieh noch einen Zettel, wir schmeißen Laura wieder rein.»

«Dann also Alexandre und ... Nicolas.»

«Super!», freute sich Alexandre. «Ich hab den wahren Chefkoch an meiner Seite. Wir werden alle anderen in den Schatten stellen, das steht fest!»

«Das letzte Paar besteht dann also wenig überraschend aus Laura und Matthieu.»

«Wunderbar, ich freue mich drauf», sagte Matthieu zu seiner Schwägerin. «Ich habe auch schon eine Idee für ein Gericht, aber das besprechen wir später. Das erste Paar bereitet also morgen das Abendessen vor, das zweite am Tag danach, dann folgt das dritte und so weiter. Und ein großes Dankeschön an Nicolas, der sich außerdem darum kümmert, dass wir mittags was in den Magen bekommen.»

«Es tut mir leid, aber das passt mir nach wie vor gar nicht», jammerte Martine und versuchte noch immer, die anderen zu überzeugen. «Ich lasse euch doch bei mir nicht kochen und dazu in eurem Urlaub. Ostern war es etwas anderes, da durfte ich wenigstens mithelfen ... Ich werde die ganze Nacht kein Auge zutun, wenn ihr das wirklich durchzieht!»

«Notfalls hast du ja dein Stilnox», scherzte Alexandre.

«Unsere Entscheidung ist gefallen, Mama, und damit basta», sagte Matthieu.

«Gut, wenn ihr euch nicht dazu bewegen lasst, eure Meinung zu ändern, möchte ich wenigstens am vierten Abend das Essen machen.»

«Du bist unverbesserlich, was? Aber, na gut», gestand Matthieu ihr zu. «Beim Einkaufen und Abwaschen unterstützen wir dich dann trotzdem.»

Stéphanie entspannte sich. Sie war froh, ausgenommen worden zu sein. Sie kochte ohnehin ungern, in ihrem derzeitigen Zustand fühlte sie sich darüber hinaus aber auch gar nicht in der Lage, länger zu stehen, geschweige denn Essensgerüche zu ertragen. Nach wie vor wurde ihr regelmäßig übel. Zehn Tage mit Matthieus Familie verbringen zu müssen, war schwierig genug, zusätzlichen Unannehmlichkeiten ging sie deshalb tunlichst aus dem Weg. Das hinderte sie jedoch nicht daran, die anderen noch schnell an ihre besonderen Bedürfnisse zu erinnern: «Könnten diejenigen, die einkaufen gehen, bitte daran denken, dass ich gewisse Dinge nicht essen darf, das heißt keine Rohmilchprodukte, kein Aufschnitt, keine Meeresfrüchte, Fleisch und Fisch nur durchgegart und für die Kinder keine Süßigkeiten!»

Laura schloss sich gleich an: «Dann erwähne ich an dieser Stelle noch einmal, dass ich allergisch gegen Kiwis bin und –»

«Und gegen Latex, ja, wir wissen's ... und werden deshalb auch keine Kondome mitbringen», beendete Nicolas ihren Satz.

Laura strafte ihren Schwager mit einem bitterbösen Blick, ehe sie fortfuhr. «Außerdem wollte ich noch sagen, dass ich euch nicht zehn Tage lang davon abhalten will, Fleisch zu essen, dennoch wäre es nett, wenn ihr eurer Lieblingsvegetarierin einen kleinen Extra-Teller machen würdet.»

Alle sahen sich an und seufzten innerlich erleichtert.

«So machen wir es mit dir auch, Stéphanie, du kriegst auch deinen Extra-Teller», entschied Nicolas. «Alle Sonderwünsche sind notiert. Easy!»

Stéphanie war ein wenig beleidigt. Sie hatte gehofft, ihre Familie würde sie mehr unterstützen und nicht vor ihrer Nase essen, was ihr selbst untersagt war. Nun gut, solange sie pasteurisierten Käse bekam, würde sie überleben, dachte sie und tröstete sich mit dem letzten Frischkäse-Würfel.

Das kannst du deiner Großmutter erzählen

Nach dem Abendessen saßen alle noch ein wenig im Wohnzimmer beisammen. Irgendwann erhob sich Jeanne, um draußen rauchen zu gehen. Allein. Laura drehte sich auf dem Sofa um, zog ein Fotoalbum aus dem Bücherregal und begann, darin zu blättern: «O *mon dieu*, das Bild ist ja sensationell! Jacques, wir müssen reden: Du hattest einen Schnurrbart? Man könnte dich für Tom Selleck in *Magnum* halten! Und dieser weiße Anzug!»

«Ja, das war unsere Hochzeit. Ich habe ja schon mal erzählt, dass Jacques früher ein Hippie war», schaltete sich Martine ein.

«Ich bin mir nicht sicher, ob er aussieht wie ein Hippie, aber wenn du den Anzug noch hast, könnten wir einen Motto-Abend organisieren!», witzelte Nicolas.

«Genau, ein Hawaiihemd und ein Goldkettchen findest du sicher auch noch irgendwo», stieß Alexandre ins selbe Horn.

«Hört auf, euch lustig zu machen», bremste Jacques

seine Söhne. «Soll doch einer von euch erst einmal heiraten, dann reden wir weiter!»

«Warum ist Antoinette eigentlich gar nicht auf dem Foto?», wunderte sich Stéphanie.

«Na ja, wir waren eben ein bisschen rebellisch und haben unsere Verwandten nicht zur Hochzeit eingeladen. Was meine Familie nicht ganz so toll fand», erklärte Martine. «Tradition ist Tradition.»

Als Jeanne von ihrer Zigarettenpause zurückkehrte, ließ sie sich wieder auf dem Sofa nieder und begann ebenfalls, in dem Album zu blättern.

«Pfui, das ist widerlich, Jeanne!», begann Jacques sofort zu meckern. «Deine Kippen stinken bestialisch! Schon mal was von passivem Rauchen gehört? Und weißt du, dass du dir damit die Geschmacksnerven kaputt machst?»

Jeanne konzentrierte sich weiter auf das Album, ohne auf seine Beschwerde einzugehen, als ihr etwas auffiel, das alle anderen übersehen hatten. «Ich glaube, ich seh nicht richtig! Das ist ja wohl das Beste! Jacques, du hast früher geraucht!? Du spielst hier den Moralapostel und warst selbst Raucher?»

«Sicher nicht! Ich habe *in meinem ganzen Leben* nicht geraucht! Wie kommst du darauf?»

«Guck dir das Foto an, da ...», sagte sie und legte den Finger auf die Stelle, die den untrüglichen Beweis lieferte.

«Ach das! Aber das ist doch etwas ganz anderes. Das ist eine Pfeife!»

«Wie, das ist ‹etwas ganz anderes›? Nikotin ist Nikotin. Für deine Umgebung ist Pfeiferauchen sogar schlimmer.»

«Gut, habt ihr euch jetzt genug über meinen Schnurrbart, mein Outfit und meine Pfeife ereifert, und wir können das Thema wechseln?»

«Gern, Raucherkumpel, ich freue mich doch nur, dass der große Jacques auch seine Schwächen hatte», triezte Jeanne weiter, und Nicolas sah sie fassungslos an.

«Wie wär's mit einer Runde Scrabble?», schlug Martine vor.

«Wenn hier jetzt Scrabble gespielt wird, geh ich schlafen», verkündete Alexandre, und Stéphanie und Nicolas schlossen sich ihm sogleich an.

«Dann vielleicht UNO?»

«Einverstanden, aber dieses Mal nicht schummeln, Martine», warnte Stéphanie. «Wir spielen nach den richtigen Regeln und nicht nach denen der Le Guennecs.»

«Meine Frau und schummeln, das würde mich überraschen», meldete sich Jacques zu Wort.

«Du wärst von einigen Dingen überrascht, wenn du sie im Februar im Skiurlaub erlebt hättest, Jacques», erwiderte Jeanne. «Hat sie dir übrigens ihr kleines Tattoo gezeigt?»

«Also, spielen wir jetzt, oder erzählen wir uns gegenseitig unsere Geheimnisse?», fragte Alexandre unwirsch.

Trotz allem blieb die Stimmung entspannt, was wohl nicht zuletzt auch auf den Wein vom Abendessen zurückzuführen war. Jeanne und Laura bereiteten außerdem noch Mojitos vor, während die Männer den Tisch freiräumten und die Karten verteilten. Nachdem sie zwei Stunden lang leidenschaftlich gespielt hatten – mit unter dem Tisch versteckten Karten und Schwiegertöchtern, die jedes Mal hysterisch aufschrien, wenn einer der Le Guennecs beim Schummeln erwischt wurde –, zogen sich die Paare in ihre Zimmer zurück, wo die nächtlichen Nachbesprechungen begannen.

«Was war das eigentlich für eine Geschichte mit dem Tattoo vorhin, Martine?», erkundigte sich Jacques. «Ich wollte vor den Kindern keinen Aufstand machen, aber davon hättest du mir schon erzählen können. So habe ich es als Letzter erfahren und stand da wie ein Idiot.»

«Aber es ist doch nur eine kleine unbedeutende Tätowierung. Sie dir groß zu präsentieren, lohnte gar nicht. Willst du sie sehen?», fragte Martine und zog ihre Strümpfe aus.

In der Tat war es ein sehr zurückhaltendes Tattoo, das ein schmales Band um ihren Knöchel bildete.

«Das sieht gar nicht schlecht aus. Ich finde es sogar ganz süß, ja, es gefällt mir. Und es gibt mir das Gefühl, mit einer blutjungen, leicht rebellischen Frau zusammen zu sein», sagte Jacques und legte zärtlich die Arme um Martine. «Richtiggehend anregend. Möchtest du, dass ich mir auch eins machen lasse? Einen Anker auf den Bizeps?», scherzte er.

«Bitte nicht!», antwortete Martine kichernd und schmiegte sich an ihn.

Im Nachbarzimmer schimpfte unterdessen Stéphanie: «Wenn dein Vater morgen um neun Uhr wieder das Telefon klingeln lässt, um uns aus dem Bett zu schmeißen, Matthieu, packe ich die Koffer und ziehe um zu Antoinette.»

«Du bist ja paranoid. Dafür kann er doch nichts. Das ist Zufall, beziehungsweise sind es Leute, die am Telefon was verkaufen wollen und pünktlich um neun Uhr mit der Arbeit beginnen.»

«Du bist wirklich zu wohlwollend, das glaubst auch nur du. Und außerdem möchte ich nicht noch einmal erleben, dass du derart schummelst. Diese ‹Le Guennec-Erziehung› ist mir wirklich suspekt. Autsch, dein Sohn tritt mich wieder, und zwar auf die Blase. Jetzt muss ich schon wieder aufs Klo. Hoffentlich ist das bald vorbei!»

Ein Zimmer weiter hatten Laura und Alexandre gerade heimlich ihren Hund Jack hereingeholt, der es sich auf dem Bett bequem machte.

«Können wir morgen mal etwas unternehmen?», fragte Laura. «Ich habe diesen Sommer wirklich keine Lust auf diese immer gleichen Tage, an denen mittags gegrillt und dann gewartet wird, bis die Kleinen aus dem Mittagsschlaf aufwachen, anschließend Strand, und schließlich versammeln sich alle zum Aperitif, zu dem es jedes Mal nur diese komische Wurst gibt. Wollen wir nicht einfach mal zu zweit an die Küste, nach

Dinard, rauffahren? Vielleicht läuft da gerade eine Ausstellung. Und außerdem bietet es sich an, weil wir morgen beide nicht mit Kochen dran sind.»

«Warum nicht», antwortete Alexandre zögernd. «Auch wenn ich eigentlich gern mit an den Strand fahren würde, um Fotos von den Kleinen beim Spielen zu machen. Und für morgen haben sie schönes Wetter vorhergesagt! Das muss man ausnutzen.»

«Danke für deine Unterstützung! Du bist eine echte Enttäuschung. Gute Nacht», sagte Laura und drehte sich um.

Im letzten und kleinsten Zimmer am Ende des Flurs ging es hoch her. «Ich sag dir nur eins, sieh dich vor», warnte Nicolas Jeanne. «Er ist nicht dein Kumpel, er ist mein Vater. Ich finde, du nimmst dir ihm gegenüber ganz schön viel raus und bist ziemlich vorlaut.»

«Ich glaube, ich hör nicht richtig», regte sich Jeanne auf. «Er verhält sich wie der letzte Macho, kritisiert offen meinen Dialekt und ist keinen Deut besser als ich, was das Rauchen angeht, und trotzdem soll ich den Mund halten?»

«Darum geht es nicht. Aber ihn einfach ungefragt zu duzen. Glaubst du, wir sind hier in der Schule?»

«Ah, jetzt will ich's aber wissen! Was soll ich denn deiner Meinung nach tun, wenn ich mit deiner Familie zusammen bin? Die Klappe halten? Meinst du das ernst, Nicolas?»

«Ach, hören wir auf damit. Du verstehst das alles falsch. Ist ja schon gut. Komm lieber in meine Arme.»

«Du träumst wohl, Nico. Ich leiste morgen noch meinen Küchendienst ab, und dann bin ich weg und verbringe den Rest der Ferien bei meiner Mutter.»

«So eine bist du also! Verkriechst dich gleich hinter Mamas Rockzipfel», konterte Nicolas und verließ genervt den Raum.

Auf dem Flur begegnete er Stéphanie, die gerade von der Toilette kam. «Super Schwiegertöchter seid ihr!», brüllte er sie an. «Die reinsten Zicken, man kann es nicht anders sagen!»

Morgenstund hat Gold im Mund

Jacques war bestens gelaunt und hoch motiviert, heute den Küchendienst zu übernehmen. Direkt nach dem Aufstehen war er beim Bäcker gewesen, um Croissants und frisches Baguette zu besorgen. Um 8.45 Uhr war außer ihm allerdings noch immer niemand aufgestanden. Selbst die Kinder schliefen tief und fest.

Deshalb griff er nach seinem Handy und wählte die Nummer ihres Festnetzanschlusses. Sobald die Telefone auf allen Etagen klingelten, dauerte es tatsächlich nicht lange, bis Paul und Jules auch schon riefen: «Wir sind wach und haben einen Mordshunger», gefolgt von Stéphanies: «Ich bringe ihn um!», sowie dem Zuknallen einer Tür.

«Sag nicht, dass du das warst!?», fauchte Martine, die sofort in die Küche gehastet kam.

«Was denn?», fragte Jacques und tat unschuldig. «Das Baguette ist noch warm, und ich habe extra daran gedacht und dir statt eines Croissants eine Apfeltasche mitgebracht, *Chérie*. Du riechst übrigens gut. Hast du ein neues Parfüm?»

Missmutig kam wenig später Jeanne die Treppe herunter. «Hoppla, da hat wohl jemand schlecht geschlafen», begrüßte Jacques sie.

«Nicht genug vor allem!», erwiderte sie, während sie sich im Flurspiegel betrachtete. «Gibst du mir fünfzehn Minuten, um zu duschen und einen Kaffee zu trinken, und dann fahren wir einkaufen?»

«Einverstanden, Partner! Ich bin in Topform, das wird heute *Eye of the Tiger*! Jaa, haa!», rief er und fuchtelte mit erhobenen Boxerfäusten vor Jeannes Gesicht herum.

Die anderen warteten bezeichnenderweise, bis Jacques das Haus verlassen hatte, ehe sie sich zum gemütlichen Frühstück in der Küche versammelten. Laura fragte Martine, ob sie Lust habe, mit ihr nach Dinard zu fahren, um eine Ausstellung zu besuchen, was diese spontan bejahte. Inzwischen war sie so weit, sich darüber freuen zu können, einfach mal etwas zu unternehmen und nicht immer wegen der Vorbereitung der Mahlzeiten ans Haus gebunden zu sein.

Gekniffen

Für bretonische Verhältnisse herrschte Strandwetter. Wie oft am späten Vormittag war es recht windig und die Luft von daher ein wenig frisch, aber es regnete nicht. Jules und Paul hatten bereits ihre Badehosen angezogen und warteten darauf, dass ihre Onkel mit ihnen ins Wasser gingen. Alexandre und Nicolas war es eigentlich zu kühl zum Baden, und sie hätten lieber Beachball gespielt, aber «sie hatten ja nicht alle Tage die Gelegenheit, mit ihren Neffen schwimmen zu gehen», wie Matthieu anmerkte.

«Schatz, crem die beiden bitte ein», erinnerte Stéphanie ihn. «Und vergiss dein eigenes Gesicht nicht. Sonst hast du wieder eine ganz rote Nase.»

Sie selbst hatte noch vor dem Losfahren die erste Schicht Sonnencreme aufgelegt, schmierte nun aber noch einmal gründlich nach, ehe sie die Flasche an ihren Mann weitergab. Sie musste aufpassen, in der Schwangerschaft konnte man von der Sonne bleibende Flecken im Gesicht bekommen.

Nachdem sich die Jungs auf den Weg zum Wasser gemacht hatten, hielt Stéphanie den Finger in die Luft und versuchte, die Windrichtung zu bestimmen, um die ideale Position für den Sonnenschirm zu finden. Sie wollte sich darunterlegen und sich dann nicht mehr von dort wegbewegen. Frohen Mutes setzte sie sich einen Hut mit breiter Krempe und Sonnenbrille auf, zog ein Kreuzworträtsel hervor und ließ sich auf dem Klappliegestuhl nieder, den Antoinette ihr geborgt hatte.

Da Ebbe war, erreichten die Jungs erst jetzt das Wasser. In der Ferne sah sie die winzigen Silhouetten ihrer Söhne und der drei Brüder.

Endlich Ruhe!, dachte sie.

Um sie herum war es mucksmäuschenstill, und nur wenige Touristen waren am Strand unterwegs, vielleicht doch wegen des Windes. Stéphanie befand sich im siebten Himmel. Das war Urlaub!

Die Silhouetten in der Ferne schienen zu zögern, ins Wasser zu gehen. Wahrscheinlich war das Meer kälter als sonst. Der kleine Jules sprang mit beiden Beinen immer wieder hinein und spritzte die Großen nass, die stocksteif dastanden. Sein älterer Bruder Paul schaufelte unterdessen ganze Wasserladungen in Richtung seiner Onkel.

Das wird übel enden, Paul. Gleich wirst du untergetaucht, dachte Stéphanie, während sie die Szene von weitem beobachtete, ehe sie sich dem nächsten Begriff in ihrem Kreuzworträtsel widmete. Zum ersten Mal seit Wochen und vielleicht zum letzten Mal für lange Zeit konnte sie die Stille genießen.

«Danke», sagte sie laut.

Die beiden Jungs waren in letzter Zeit nicht leicht gewesen, und wenn sie ehrlich war, hatte sie Angst vor der Geburt des dritten Kindes – noch ein Junge zudem, ein weiterer temperamentvoller kleiner Le Guennec. Schon jetzt fürchtete sie sich vor der andauernden Müdigkeit, den Auseinandersetzungen mit Matthieu und dem Gezanke der Jungs. Ganz zu schweigen von ihrer Mutter, die in den ersten Wochen bei ihnen wohnen würde, offiziell natürlich, um zu helfen. Letztlich würde sie ihr aber mit ihren übervorsichtigen und komplett veralteten Ansichten vor allem auf die Nerven gehen. Aber darüber sollte sie jetzt gar nicht nachdenken, sich einfach weiter von Matthieus Familie bedienen lassen und jeden Moment der Ruhe nutzen.

«Hu hu! Stéphanie! Wir sind auch da!»

Sie hob die Krempe ihres Huts und kniff die Augen zusammen. Vielleicht war gar nicht sie gemeint. Zwischen 1970 und 1980 war der Name Stéphanie extrem beliebt gewesen, besonders in der Bretagne.

«Hu hu! Stéphanie! Hier! Hier sind wir!»

Die Stimme, die sie in ihrer Ruhe störte, kam ihr bekannt vor. *Nein, bitte nicht er …*

Mit Jeanne im Schlepptau kam Jacques auf sie zugelaufen. Offensichtlich waren sie mit dem Einkaufen bereits fertig. Schon ließ er sich neben Stéphanie auf die Knie fallen und breitete schwungvoll sein Handtuch aus, was Sand aufwirbelte, den sie natürlich abbekam. Jeanne ließ sich ein wenig abseits von ihnen nieder und richtete den Blick in die Ferne aufs Meer, wo Nicolas und die anderen badeten.

«Wenn ich mir eine Bemerkung erlauben darf, Stéphanie», begann Jacques, «dein Sonnenschirm wird gleich wegfliegen, der Wind dreht nämlich. Und da dir Sicherheit doch immer so wichtig ist, willst du bestimmt nicht dafür verantwortlich sein, wenn jemandem ein Auge ausgestochen wird.»

«Er ist gut fixiert. Ich habe ihn eingebuddelt, einen dicken Stein draufgelegt und halte ihn noch zusätzlich mit dem Fuß fest.»

Jacques fuchtelte unterdessen wild mit den Armen, um die Aufmerksamkeit der durchgefroren aus dem Wasser zurückkommenden Jungs zu erregen. Als sie nicht reagierten, fragte er Stéphanie: «Was machst du da eigentlich?»

«Kreuzworträtsel.»

«Soll ich dir helfen?»

«Nein danke, geht schon. Ich komme gut voran. Ich melde mich, wenn ich nicht weiterweiß.»

Jacques rückte trotzdem näher an sie heran und las über ihre Schulter mit. Das zweifelnde «Hmm ...», das er kurz darauf von sich gab, löste bei Stéphanie eine Gänsehaut aus. Dann wandte er sich jedoch ab und rollte auf seinem Handtuch herum, nur um wenig später zu jammern, dass ihm ein Stein in den Rücken pike, ehe er sich ruckartig aufsetzte. «Jeanne? Hättest du nicht Lust, mal das Wasser zu testen?»

«Okay.»

«Stéphanie, kommst du auch mit, um dir ein bisschen die Beine zu vertreten?»

«Nein danke, Jacques, ich bleibe lieber hier. Ich passe auf die Sachen auf.»

«Nun komm schon», ließ er nicht locker. «Wir gehen einmal bis zum Wasser, prüfen, wie kalt es ist, und dann kommen wir zurück. Ein kleiner Spaziergang würde dir sicher guttun.»

Stéphanie kochte innerlich, beherrschte sich aber. Sie musste schon wieder aufs Klo, das hieß, im Gehen könnte sie für nichts mehr garantieren. «Das ist nett gemeint, aber wirklich nicht. Geh du mit Jeanne. Oder ihr wartet auf die Kleinen und sucht mit ihnen zwischen den Felsen nach Krebsen. Da kommen sie schon», sagte Stéphanie und erhob sich, um ihnen die Handtücher hinzuhalten.

In dem Moment flog der Sonnenschirm davon. Er wirbelte um die eigene Achse und hätte leicht jeden, der in seinem Weg stand, aufspießen können. Doch niemand krümmte auch nur einen Finger, um ihn festzuhalten. Man hörte lediglich ein: «Na siehst du! Hab ich doch gesagt, dass der wegfliegt.»

Stéphanie warf Jacques einen wütenden Blick zu. Unterdessen hatte sich Jeanne in Bewegung gesetzt, um den Schirm einzufangen, ehe dieser seinen gefährlichen Kurs fortsetzen konnte.

Nachdem sich die Jungs ein wenig aufgewärmt hatten, brachte Stéphanie ihre Idee erneut vor: «Wer hat Lust, mit Opi bei den Felsen Krebse zu suchen?»

Jules und Paul hoben wie in der Schule die Hand und griffen sofort nach ihren Eimern.

«Ihr zieht aber eure Strandschuhe an. Willst du Matthieus Schuhe ausborgen, Jacques? Das ist immer noch besser als mit nackten Füßen. Da kann man sich leicht verletzen.»

«Brauch ich nicht, ich mach so was öfter. Kommt, ihr kleinen Matrosen, wir gehen!», sagte Jacques.

Eine Stunde später wachte Stéphanie vom Ploppen des Gummiballs gegen die Beachballschläger auf, das allerdings ein wenig elegantes Stöhnen nicht übertönen konnte. Matthieu und Alexandre schlugen mit aller Kraft gegen den Ball, um sich gegenseitig so viel wie möglich zum Rennen zu bringen. Mit geschlossenen Augen hätte man glauben können, einem Match zwischen Monica Seles und Maria Sharapova beizuwohnen.

Nachdem Matthieu das Spiel für sich entschieden hatte, kam er stolz angerannt und umarmte Stéphanie. Diese betrachtete ihren Mann argwöhnisch, der sich jetzt neben sie in den Sand fallen ließ und wie ein Stier schnaufte. Er wirkte nicht, als wäre er zu einem weiteren Spiel bereit, um Alexandre ebenfalls die Chance auf einen Sieg zu geben. «Ich habe dir doch gesagt, dass du dich noch mal eincremen sollst», tadelte sie ihn. «Jetzt hast du wirklich eine ganz rote Nase! Du siehst aus wie dein Vater, wenn er ein Glas zu viel getrunken hat. Apropos, sind die drei noch gar nicht von ihrer Krebsjagd zurückgekehrt?»

«Doch, aber sie sind direkt weiter zu den Sanitätern.»

«Was?», rief Stéphanie beunruhigt und verärgert zugleich.

«Nichts Schlimmes. Papa hat sich nur ein bisschen in die Ferse geschnitten, aber du kennst ihn ja, er glaubt, man müsse seinen Fuß amputieren. Jeanne und Nicolas mussten ihn über hundert Meter weit stützen. Ziemlich albern! Sieh an, wenn man vom Teufel spricht ...»

Humpelnd kam Jacques näher. Sein Gesicht ließ vermuten, dass er unerträgliche Schmerzen erlitt oder aber, dass er wirklich gut schauspielern konnte. Wie Rambo, als er aus dem Vietnamkrieg heimkehrt. Paul und Jules sprangen um ihn herum und konnten es kaum erwarten, in allen Einzelheiten zu berichten, was ihrem Opa widerfahren war. «Opi hat ein Pflaster mit der Eiskönigin drauf! Guck mal, Mama», rief Paul.

«Ah ja, steht dir gut, Jacques! Und? Habt ihr trotzdem ein paar Krebse gefangen?», erkundigte sich Stéphanie bei ihren Kindern. «Zeigt mal eure Eimer.»

«Nur einen einzzigen», gestand Jules. «Zzade, aber Opi izzt gleich am Anfang hingefallen.»

«Der ist aber dafür ziemlich groß», ergänzte Jacques leicht gereizt. «Der wird heute beim Abendessen geteilt.»

«Wie willst du denn einen einzigen Krebs teilen?», fragte Jeanne. «Und wir haben doch schon ein gutes Menü für heute Abend. Lassen wir ihn lieber wieder frei. Das arme Tier ... Ich bin mir sicher, das wäre auch in Lauras Sinn.»

«Wir werden ihn nicht freilassen», entschied Jacques, der hoffte, sich den Schnitt wenigstens nicht ganz umsonst zugefügt zu haben. «Guck mal, der ist doch riesig! Hast du die Scheren gesehen?»

Jacques reichte den Eimer an Alexandre weiter, der nach dem Krebs griff und ihn hin und her drehte, um ihn näher zu betrachten. «Ist es ein Weibchen oder ein Männchen? Wenn Rogen zu sehen ist, lohnt es sich vielleicht, ihn zu behalten. Weibchen haben ja mehr Fleisch.»

«Ich habe schon nachgeschaut, es ist ein Männchen. Leg ihn wieder in den Eimer, du hältst ihn nicht richtig, Alexandre. Wenn ich du wäre, würde ich mit dem Biest lieber nicht spielen.»

Plötzlich war ein Schrei zu hören, und Alexandre hielt sich den Finger. Der Krebs, den er vor Schreck fallen gelassen hatte, verschwand unter dem nächsten Felsbrocken.

«Ich hab's dir doch gesagt!», rief Jacques. «Na toll, jetzt ist er entwischt. Los, fahren wir nach Hause zum Mittagessen. Mal sehen, was der Chefkoch zustande bringt.»

Warum einfach, wenn's auch kompliziert geht?

Wie nicht anders zu erwarten, schmeckte das von Nicolas zubereitete Mittagessen vorzüglich. Obwohl es nicht einmal allzu aufwendig war: Langusten mit selbstgemachter Mayonnaise zur Vorspeise, danach Barsch mit Salzkruste und zum Nachtisch Obstsalat, Vanilleeis und bretonisches Sandgebäck. Es überraschte eher, dass die Gespräche genauso leicht verdaulich waren wie das Essen. Weder gab es spitze Bemerkungen noch scharfe Wortwechsel. Eine kleine Revolution bei den Le Guennecs! Jacques, der ja wusste, dass er am Abend für die Küche verantwortlich war, hatte sich jeglichen Kommentar verkniffen, weil er eine Retourkutsche fürchtete.

Auf jeden Fall fühlten sich Jacques und Jeanne nach einer so gelungenen Mahlzeit herausgefordert. Um ihnen die nötige Ruhe zu geben, schlug Martine einen Spaziergang vor. «Laura, Alexandre, wie wär's, wenn wir mit Jack ein bisschen in die Heide gehen? Bis zu dem Häuschen ganz am Ende, wo sie diese süßen kleinen Hühner haben. Ich gehe fast jeden Tag dorthin. Sie erinnern mich daran, wie es bei meiner Großmutter war. Manchmal bleibe ich stundenlang, um sie zu malen. Nun kommt schon, Jack wird sich freuen, da bin ich mir sicher! Stéphanie, Matthieu, Nicolas, begleitet ihr uns?»

«Nein, wir fahren lieber noch mal an den Strand», antwortete Stéphanie. «Ihr könnt ja später auch dorthin kommen. Sollen wir eure Badesachen mitnehmen?»

Jeanne und Jacques würden also in der Küche ihre Ruhe haben. Auf dem Speiseplan standen: vegetarische Vorspeisen im Glas, gefolgt von *Filet Mignon* vom Grill, da das Wetter sich bis zum Abend zu halten schien, dazu *Gratin Dauphinois* und anschließend karamellisierte Pfirsiche mit Eis und Schokoladensoße. Nicht sonderlich kompliziert, sie mussten sich lediglich gut organisieren. Die Pfirsiche schmorten bereits auf dem Herd, und das Kartoffelgratin garte im Ofen. Diese beiden Gerichte brauchten kurz vorher nur wieder aufgewärmt und angerichtet werden.

Nachdem sie fast zehn Minuten lang schweigend Gläser mit den Vorspeisen befüllt hatten, wagte Jacques, ein Gespräch zu beginnen: «Sind die roten Haare eigentlich echt?»

«Ähm, ja ...», antwortete Jeanne irritiert.

«Und hast du dein ganzes Leben in Marseille verbracht, ehe du zum Arbeiten nach Paris gegangen bist?»

«Ja.»

«Wie bist du eigentlich darauf gekommen, Sommelière zu werden? Marseille ist nicht gerade die typische Gegend, um eine Leidenschaft für Wein zu entwickeln ...»

Jeanne sah Jacques skeptisch an. Sie war sich nicht sicher, ob er sich wirklich für sie interessierte oder ob er damit nur noch einmal unterstreichen wollte, dass Marseille den Ruf hatte, eher bei Betrügereien als in der Önologie die Nase vorn zu haben. Als sie nicht antwortete, bohrte er weiter. «Hast du das Interesse vielleicht von deinem Vater geerbt?»

«Ich habe meinen Vater nie kennengelernt. Er hat meine Mutter verlassen, als er erfahren hatte, dass sie schwanger war.»

«Oh, das tut mir leid. Das habe ich nicht gewusst ... Entschuldige.»

«Kein Problem. Er hat mir nie gefehlt. Eigentlich habe ich erst relativ spät angefangen, mich für Wein zu interessieren. Ich wusste, dass ich im Gastgewerbe arbeiten wollte, aber nach meiner Ausbildung habe ich mich nicht als Kellnerin gesehen und in der Küche schon gar nicht, wo man keinen Kundenkontakt hat. Deshalb habe ich mich anschließend als Sommelière spezialisiert. So war das! Sind wir mit der ersten Ladung Vorspeisen fertig? Dann werde ich jetzt mal Platz im Kühlschrank schaffen.»

In der darauffolgenden Stunde lernten die beiden einander weiter kennen, was Jacques schließlich zu einer eher indiskreten Frage verleitete: «Und? Lässt's sich gut leben mit Nicolas unter einem Dach?»

«Nein, es ist aus», ließ Jeanne die Bombe platzen. «Den Urlaub bringen wir noch gemeinsam zu Ende, aber eigentlich sind wir uns darüber im Klaren, dass es mit uns nichts mehr wird. Ich werde danach ausziehen.»

«Was? Das kann doch nicht sein! Du nimmst mich auf den Arm. Sag mir, dass das ein Witz ist.»

«Du hast mich gefragt, und ich habe geantwortet.»

«Aber ihr versteht euch doch so gut. Was ist passiert? Ist es meine Schuld?» Beunruhigt dachte Jacques an Martines Worte.

«Mit dir hat es nichts zu tun. Das Schlimmste ist, dass eigentlich gar nichts vorgefallen ist. Es funktioniert nur einfach nicht. Obwohl wir uns bemüht haben und uns mögen, es fehlt etwas. Wir sind noch nicht mal lange genug zusammen, als dass es überhaupt etwas zu kitten gäbe. Deshalb ist es am besten, es jetzt zu beenden, ehe wir uns noch gegenseitig weh tun.»

«Man muss sich aber doch nicht gleich trennen», beharrte Jacques. «Wenn Martine und ich uns getrennt hätten, sobald die ersten Spannungen auftraten, hätten wir gerade mal zwei Tage durchgehalten, wenn überhaupt ...»

«Aber zwischen uns herrschen ständig Spannungen. Wir schaffen es einfach nicht, normal miteinander zu reden. Sofort fangen wir an, uns anzublaffen. Das ist doch keine Partnerschaft!»

«Ich hatte ehrlich gesagt bislang den Eindruck, dass ihr euch recht nahesteht. Gibst du mir mal den *Chavroux*?»

Jeanne reichte Jacques den Ziegenfrischkäse und widmete sich dann wieder den Auberginen. «Ich glaube, dass wir nicht die gleiche Vorstellung von einer Beziehung haben. Und dass wir zusammen arbeiten, macht es nicht gerade leichter. Wenn er sich mir gegenüber im Restaurant distanziert verhält, ist das normal, aber er macht es auch im Privatleben nicht anders.»

«Ich muss zugeben, das überrascht mich. Ich finde, für seine Verhältnisse geht ihr sehr liebevoll miteinander um. So habe ich Nicolas noch nie erlebt.»

«Finde ich nicht! Sobald wir in der Öffentlichkeit sind, weist er jede Zärtlichkeit zurück, egal ob in der Familie oder bei Freunden. Ich weiß nicht mehr, wie ich mich ihm gegenüber verhalten soll. Ich habe mir schon gedacht, dass er vielleicht die ein oder andere Exfreundin nicht verprellen will oder eine potenzielle neue Liebschaft. Langsam werde ich paranoid, aber es macht mich fertig, und er bemerkt es nicht einmal.»

«Aber das ist hirnrissig, wenn du mich fragst! Man trennt sich doch nicht, wenn man sich liebt. Man braucht nur mal miteinander zu reden. Vielleicht wäre es eine gute Idee, eine Partnerschaftsberatung aufzusuchen, auch wenn ich selbst nie ein Fan davon war, muss ich zugeben.»

«Ich bin es aber müde, Jacques. Und ich glaube nicht, dass es einen Zweck hat, zumal nur einer von uns sich wirklich bemüht. Magst du die Auberginen mal roh probieren? Vielleicht schmecken sie dir.»

«Nein danke. Aber man kann doch mit dreißig nicht

müde sein! Was ist das nur für eine Generation, die bei den geringsten Schwierigkeiten gleich das Handtuch wirft! Du musst mit Nicolas reden, ihn wachrütteln. Hast du ihm gesagt, wie sehr du leidest? Und was hat er darauf geantwortet?»

«Er weicht immer geschickt aus und behauptet, er würde nicht verstehen, warum ich unzufrieden bin, obwohl er sich doch angeblich so viel Mühe gibt. Er wirft mir vor, ich würde ihn dauernd kritisieren, ihm aber nie sagen, was ich eigentlich will. Wenn du mich fragst, ist in diesem Kühlschrank niemals genug Platz für all unsere Gläschen. Wir haben viel zu viel gemacht, wahrscheinlich bleibt am Ende die Hälfte übrig.»

«Das halte ich für ein typisch weibliches Problem. Martine ist genauso. Wenn es darum geht, klipp und klar zu sagen, was sie will, meine ich. Sie erwartet Dinge von mir, um die sie mich nie offen gebeten hat, und beschwert sich im Nachhinein, wenn es zu spät ist, dass ich mich falsch verhalten habe. Das geht jetzt schon seit vierzig Jahren so! Ein bisschen deutlichere Ansagen wären wirklich hilfreich. Mit der Zeit habe ich gelernt, was ‹Es wäre gut, wenn ...› oder ‹Es ist lange her, seit ...› für sie bedeutet, aber viel entgeht mir nach wie vor. Männer und Frauen ticken naturgemäß einfach unterschiedlich.»

«Und jetzt läuft es besser mit Martine? Seit Februar, meine ich? Tickt ihr inzwischen ähnlicher?»

«Na ja ... im Moment bin ich in der Probezeit. Selbst nach so vielen Jahren Ehe kann man sich nie sicher sein. Die Dinge ändern sich, genau wie die Menschen, und man muss ständig hinterfragen, was und wen man wie sehr liebt. Mehr als sechzig Jahre lang war ich zum Beispiel überzeugt davon, dass ich keinen Rucola mag. Und jetzt liebe ich ihn. Ich würde ihn zu jeder Mahlzeit essen, wenn ich könnte», beteuerte er, während er ein weiteres Gläschen mit Rucola und Ziegenfrischkäse befüllte.

Jeanne sah ihn ein wenig verwundert an.

«Gut, das ist nicht das beste Beispiel», gab er zu. «Aber was ich damit sagen will, ist, dass sich die Menschen verändern, selbst die dickköpfigsten. Und dann brauchen sie ab und zu einfach einen kleinen Elektroschock», philosophierte er weiter und steckte sich ein Blatt Rucola in den Mund.

«Versteh mich nicht falsch, aber ich erkenne viel von dir in Nicolas wieder», erwiderte Jeanne und senkte den Blick, «nur bin ich bei weitem nicht so geduldig wie Martine. Ich kann es nicht ertragen, wenn er mich dauernd maßregelt und mir sagt, was ich zu tun und zu lassen habe, als wäre er mein Vater, den ich nie hatte und auch nicht brauche. Jacques? Hörst du mir überhaupt zu? Bist du sauer? Du sagst ja gar nichts mehr.»

Als sie aufblickte, sah sie, dass Jacques' Augen hervortraten und er sich mit beiden Händen den Hals hielt. Das Atmen fiel ihm schwer, mehr noch, er bekam kaum Luft.

Als er zu sprechen versuchte, brachte er nur ein leises Krächzen hervor. Jeanne geriet in Panik, zwang sich aber, sich zusammenzureißen: «Ganz ruhig, Jacques. Trink ein Glas Wasser. Los, versuch es.»

Doch es wurde nur immer schlimmer. Jeanne griff nach ihrem Handy, war sich aber plötzlich nicht mehr sicher, welche Nummer sie wählen musste, um den Notruf zu erreichen: 112? 118? 115? Sie hastete zum Festnetztelefon, wo die Nummern zum Glück notiert waren, und wählte eilig. Dann stellte sie auf Lautsprecher, kehrte zu Jacques zurück und versuchte, ihn dazu zu bringen, das Salatblatt auszuspucken, indem sie ihm mit den Fäusten so kräftig, wie sie konnte, auf den Rücken schlug. Er war inzwischen scharlachrot angelaufen, und die Adern an seinem Hals traten hervor. Als sich beim Notruf jemand meldete und nach der Adresse fragte, geriet Jeanne abermals in Panik: Sie hatte keine Ahnung, lief dann aber zum Eingang, wo, wie durch ein Wunder, die frisch eingetroffene Post lag.

«Jacques, halt durch. Das kannst du Martine nicht antun! Gleich ist der Notarzt da. Bleib bei mir, ich höre den Krankenwagen schon. Jacques? Nein, du darfst jetzt nicht schlappmachen!»

Wo Rauch ist, ist auch Feuer

Ungeduldig wartete Jeanne auf dem Gang des Krankenhauses von Saint-Brieuc und beobachtete, wie immer wieder Ärzte in den Raum rauschten, in den Jacques gebracht worden war. Wenn er starb, weil sie nicht schnell genug reagiert hatte, würde sie es sich niemals verzeihen. Dabei hatte sie doch Erste-Hilfe-Kurse gemacht. Warum war sie nicht in der Lage gewesen, ihm das blöde Rucolablatt aus dem Rachen zu holen?

Ihr war schlecht, und sie ließ den Blick auf der Suche nach der nächsten Toilette – oder wenigstens einer Grünpflanze – schweifen, ehe sie sich entschied, nach draußen zu laufen, um frische Luft zu schnappen. Sie zitterte am ganzen Körper, zuckte regelrecht und fürchtete, entweder im nächsten Moment ohnmächtig zu werden oder sich tatsächlich übergeben zu müssen. An eine Beruhigungszigarette mochte sie nicht einmal denken. Doch sie sollte sich zusammenreißen und stark bleiben. Sie musste wieder hineingehen und den nächsten Arzt abfangen, der aus dem Raum kam.

Auch wenn sie noch gar nicht so lange hier war, das

Warten schien unerträglich. Die Rettungssanitäter waren sehr schnell gekommen, weil sie zufällig in der Nähe gewesen waren, als Jeanne angerufen hatte. Dennoch wusste sie, dass in solchen Situationen jede Sekunde zählte: Auch eine kurze mangelhafte Versorgung des Gehirns konnte zu bleibenden Schäden führen. *Nein, bitte nicht. Nicht gleich das Schlimmste annehmen.*

Als Jeanne den Gang wieder betrat, wurde die Tür des Raums gerade geöffnet, und ein Mann in einem grünen Kittel kam auf sie zu: «Sind Sie mit Monsieur Le Guennec hier? Sind Sie seine Tochter?»

«Nein ... ähm, ja, doch, das bin ich. Wie geht es ihm?», fragte sie mit zitternder Stimme.

Tränen schossen ihr in die Augen. Sie ahnte Böses und war nicht bereit für diese Nachricht.

«Wir haben den Fremdkörper aus der Luftröhre Ihres Vaters entfernen können, und zurzeit wird er beatmet. Er hat einen Schock erlitten. Im Moment können wir noch nicht sagen, ob sein Gehirn ausreichend versorgt wurde oder nicht. Dazu müssen wir die Ergebnisse des MRT abwarten. Bleiben Sie hier, ich komme wieder, sowie ich mehr weiß. Versuchen Sie, ruhig zu bleiben. Sie haben alles getan, was in Ihrer Macht stand.»

«Aber ich hätte einen Luftröhrenschnitt versuchen können. Daran habe ich gar nicht gedacht.»

«Zum Glück für Ihren Vater. Die Mehrzahl der Luftröhrenschnitte wird nicht richtig ausgeführt, und die Schäden, die dabei angerichtet werden, sind oft größer als das ursprüngliche Problem.»

Was der Arzt sagte, war nicht gerade beruhigend und auch nicht sehr eindeutig. Jacques wurde künstlich beatmet, aber immerhin lebte er. Daran musste sie sich jetzt klammern. Plötzlich wurde ihr bewusst, dass sie der Familie noch gar nicht Bescheid gegeben hatte, und sie bekam augenblicklich einen Heulkrampf. Was sollte sie ihnen sagen, solange die Lage derart unsicher war? Sie beschloss, das Ergebnis des MRT abzuwarten. Das schien egoistisch, aber für den Moment fehlten ihr einfach die Worte. *Es musste gut ausgehen.*

Während sie noch um Fassung kämpfte, begann es in ihrer Tasche zu vibrieren. Ihr Telefon. *Nein, bitte nicht!* Auf dem Display stand «NICOLAS». Niemals würde sie den Mut aufbringen, ihm zu erzählen, was passiert war, aber konnte sie es wirklich verantworten, nicht ranzugehen?

Sie schloss die Augen und drückte auf den grünen Hörer.

«Jeanne, was ist passiert? Was für eine Katastrophe!»

«Warte, ich kann dir alles erklären.»

«Aber wo seid ihr, du und Papa? Was um alles in der Welt ist passiert?»

«Nicolas, du musst sofort herkommen. Es war alles wegen diesem blöden Rucola!»

«Ich verstehe kein Wort. Ich höre dich kaum. Wo bist du? Jedenfalls hoffentlich nicht drinnen, oder?»

«Wo drinnen?»

«Im Haus, Jeanne. Es brennt!»

Bis der Arzt kommt!

Als der Rest der Familie im Krankenhaus ankam, war keiner von ihnen wiederzuerkennen. Rußverschmiert, mit schwarzen Rändern unter den Augen und getrockneten Tränenspuren in den Gesichtern. Machtlos mit ansehen zu müssen, wie das Haus niederbrannte, hatte sie bis ins Mark erschüttert. Jeanne ging auf Martine zu und versuchte, sie zu beruhigen: «Jacques wird im Moment beatmet. Bald müsste aber der Arzt kommen, um uns auf den neuesten Stand zu bringen. Setz dich doch.»

«Nein, ich will *jetzt* mit dem Arzt sprechen. Ich will sofort zu ihm!», kreischte Martine hysterisch.

«Ich seh mal nach, ob ich ihn finde. Bleib du hier. Ich bin gleich wieder da.»

Jeanne begann zu rennen. Sie hatte keine Ahnung, wo der Arzt sein könnte, aber sie musste weg – fort von der leidenden Martine, den immer größer werdenden Schuldgefühlen und der eigenen Machtlosigkeit. Sie riss die Schwingtür auf, durch die der Arzt zuvor verschwunden war. Sie führte in einen weiteren Gang. Dort blickte sie durch jedes runde Türfenster, zunächst ohne Erfolg, bis sie Jacques schließlich in einem Bett liegend erblickte. Außer ihm war niemand im Zimmer. Er trug eine Sauerstoffmaske. Sein Brustkorb hob und senkte sich gleichmäßig, doch seine Augen waren geschlossen.

«Was machen Sie denn hier?», fragte eine strenge Stimme hinter ihr. Sie gehörte dem Arzt, der vorher mit ihr gesprochen hatte.

«Ich habe Sie gesucht. Inzwischen ist die ganze Familie eingetroffen, und ich weiß nicht, was ich ihnen sagen soll. Haben Sie die Ergebnisse des MRT? Sagen Sie mir bitte, dass er wieder aufwachen wird. Dass er wieder gesund wird. Ohne bleibende Schäden. Bitte!», flehte sie ihn mit schriller Stimme an.

Der Arzt führte sie ruhig, aber entschlossen aus dem Gang hinaus auf die andere Seite der Schwingtür. Jeanne hatte Mühe, ihre Tränen zurückzuhalten.

Als der Arzt die versammelte Mannschaft verrußt, wie sie war, vor sich stehen sah, wich er unwillkürlich einen Schritt zurück, ehe er sich erkundigte: «Sind Sie die Familie von Monsieur Le Guennec?»

Martine trat vor. «Ja, das sind wir. Ich bin seine Frau. Wie geht es ihm, Herr Doktor?»

«Ihr Mann hat uns einen sehr großen Schrecken eingejagt, aber er wird sich erholen. Vor zwanzig Minuten ist er aufgewacht und hat nach Ihnen gefragt. Er war vollkommen klar im Kopf und erinnert sich ziemlich genau daran, was geschehen ist. Im Moment schläft er wieder. Aber die Untersuchungsergebnisse sind gut, das Gehirn hat nichts abbekommen. Wenn nur ein bisschen später Hilfe gerufen worden wäre, hätte es wahrscheinlich anders ausgesehen. Sie können sich bei Ihrer Tochter bedanken», sagte der Arzt und sah zu Jeanne, die kurz davor war, ohnmächtig zu werden. «Und bei den Sanitätern, die so schnell waren wie die sprichwörtliche Feuerwehr!»

Bei der Erwähnung dieses Wortes mussten die Le Guennecs sofort wieder an das zweite Drama denken, das sich ereignet hatte, und daran, dass die Feuerwehrleute nach wie vor gegen die Flammen kämpften. Doch das Haus musste warten.

Familienangelegenheiten

Keiner von ihnen wollte das Krankenhaus verlassen. Wie Felsen in der Brandung warteten sie darauf, dass Jacques aufwachen würde. Auf den entscheidenden Moment, in dem sie sich selbst davon würden überzeugen können, dass wirklich alles in Ordnung war. Mehr als zwei Stunden hatten sie inzwischen im Krankenhaus verbracht. Unterdessen war es dunkel geworden, und ihre Strandkleidung wirkte mehr als unangemessen. Außerdem begann sie der Hunger zu quälen. Und eine dringende Frage: Niemand wagte es anzusprechen, aber bislang wussten sie nicht, wo sie die Nacht verbringen sollten. Bis das Krankenhauspersonal sie hinauskomplimentierte, würde es nicht mehr lange dauern.

«Familie Le Guennec? Kommen Sie mit, Monsieur Le Guennec ist jetzt wach.»

Die ganze Truppe folgte dem Arzt und bildete eine Traube vor Jacques' Zimmer, während sie angewiesen wurden: «Sie haben höchstens fünf Minuten und bitte immer nur zu zweit.»

Sie sahen sich an. Sie alle wären gern sofort hineingegangen, aber natürlich würden sie Martine den Vortritt lassen.

«Geh du zuerst, Mama», sagte Matthieu.

Als Martine kurz darauf die Tür aufschob, merkte sie, wie ihr die Tränen in die Augen schossen. *Nein, bitte nicht. Ich bin stark. Ich bin bislang nicht zusammengebrochen, warum ausgerechnet jetzt?*

Als Jacques den Kopf zu ihr drehte, war es um Martine geschehen. Sie stürzte an sein Bett und nahm ihn fest in den Arm. Er versuchte, sich die Sauerstoffmaske vom Gesicht zu ziehen, doch Martine gab ihm durch Kopfschütteln zu verstehen, dass er sie aufbehalten solle, und sah ihm direkt in die Augen: «Rucola? Ist das zu fassen? Ich hatte mich schon fast damit abgefunden, dass dir deine Vorliebe für fette Wurst und Käse eines Tages zum Verhängnis werden würde, aber Rucola? Du und deine neuen Marotten!»

Jacques warf ihr einen zärtlichen Blick zu.

«Dabei hat uns der Arzt nun erklärt, dass Rucola für ältere Menschen sogar schädlich sein kann. Und ja, in diese Kategorie gehörst du mittlerweile, mein armer Schatz!»

Jacques' Brustkorb bebte. Er lachte.

«Ich habe den Gedanken an das Schlimmste gar nicht zugelassen, aber ich warne dich: Komm nicht auf die Idee, mir noch einmal so viel Angst einzujagen. Ich bin sensibel. Und ich rechne fest damit, meine letzten Jahre mit dir verbringen zu können, ob du willst oder nicht.»

Jacques nahm Martines Hand und drückte sie fest. Mit der anderen zog er sich nun doch die Maske vom Gesicht und sagte liebevoll: «Ich auch, *Chérie*, ich auch, ich hoffe sehr darauf.»

Auf der anderen Seite der Tür wartete der Rest der Familie darauf, dass Martine endlich aus dem Zimmer käme, als Alexandre den Mut hatte, die unangenehme Frage zu stellen: «Und wer übernimmt es, Papa die Nachricht zu überbringen, dass das Haus, das er mit seinen eigenen Händen gebaut hat, in Schutt und Asche liegt?»

Alle drehten sich zu Jeanne um, die darauf erwiderte: «Als angehende Schwiegertochter hätte ich doch ein Anrecht darauf, mindestens einen Bock zu schießen, oder etwa nicht? Das wäre damit also erledigt. Wo sind übrigens meine beiden Schwägerinnen?»

«Laura ist draußen und geht mit Jack spazieren. Und Stéphanie? Ja, wo ist eigentlich Stéphanie?»

Spott tötet nicht

Matthieu war ebenfalls verschwunden. Jules und Paul, die es nicht zu beunruhigen schien, dass ihre Eltern nicht da waren, hatten unterdessen bereits entschieden, wo sie die Nacht verbringen würden. «Wir wissen schon, wo wir schlafen!», verkündete Paul.

«Ach ja? Und wo, mein Süßer?», erkundigte sich Jeanne.

«In Opas Spielhaus. Da gibt es auch total viele Klamotten, die man als Schlafanzug anziehen kann. Und Süßigkeiten.»

Als Martine aus Jacques' Zimmer kam, waren die fünf Minuten längst vorbei. «Jacques möchte mit dir sprechen», sagte sie dennoch zu Jeanne.

«Das trifft sich gut, du wolltest ihm doch ohnehin noch was sagen, oder?», meldete sich Alexandre zu Wort.

Martine hatte das Gefühl, einen Moment allein sein zu müssen. Ein Stück weit entfernt von den anderen lehnte sie sich gegen die Wand. Ihre Knie zitterten. Als sie die Hände in die Taschen ihres Mantels schob, ertastete sie dort ein Stück Papier. Der junge Mann aus dem TGV fiel ihr wieder ein und damit ihr Zweifeln, ihre Wut, weil sie sich so sehr nach der Liebe eines Ehemanns sehnte, der sich leider immer wieder danebenbenahm. Aber sofort, und viel stärker als alles andere, war auch die schreckliche Angst wieder da, die sie heimgesucht hatte, als sie hatte befürchten müssen, Jacques zu verlieren. Für immer.

Sie wischte die Tränen weg, die sie jetzt nicht mehr zurückhalten konnte und die ihr über die Wangen liefen. Langsam ging sie ein Stück weiter, bis sie zu einem Mülleimer gelangte. Dort entsorgte sie den Zettel, der ihr inzwischen fast zwischen den Fingern brannte. Ohne Bedauern. Ohne noch einmal darüber nachzudenken. Sie brauchte diese Telefonnummer nicht. Sie brauchte die Aufmerksamkeit des jungen Unbekannten nicht, den sie zufällig in einem Zug kennengelernt hatte. Sie brauchte ihren Mann an ihrer Seite. Für immer.

Jeanne war überrascht, dass ihr Schwiegervater sie sehen wollte. Ausgerechnet sie. Sofort wurde sie wieder nervös. Hoffentlich warf er ihr nicht vor, dass es ihr nicht gelungen war, ihm das Rucolablatt aus der Luftröhre zu holen.

Zögerlich betrat sie das Zimmer und setzte sich auf den Stuhl neben dem Bett. Einmal mehr zog sich Jacques die Sauerstoffmaske vom Gesicht. «Wir haben unser Gespräch vorhin nicht beenden können, Jeanne», begann er. «Ich habe mir selbst gerade einen großen

Schrecken eingejagt. Weißt du, dass man es bei vollem Bewusstsein erlebt, wenn man erstickt? Und dass einem dabei haufenweise dumme Gedanken durch den Kopf gehen. Wie: ‹Das ist es nun gewesen, heute ist der Tag, an dem ich sterbe. Und das alles wegen eines Rucolablatts.› Und: ‹Haltung bewahren! Gib deiner Familie nicht noch einen Grund, sich bei deiner Beerdigung über dich lustig zu machen. Wenn du schon sterben musst, dann als Held!› Im ersten Moment war da vor allem diese lächerliche Angst, den Spott auf mich zu ziehen, die mich hat kämpfen lassen. Und erst danach denkt man daran, was einem wirklich wichtig ist: die Familie. Wenn Nicolas nicht der Richtige für dich ist, dann such weiter nach deinem Glück. Du bist jung, du hast noch dein ganzes Leben vor dir. Auch wenn wir dich ehrlich vermissen werden und Nicolas es sicher im Nachhinein bereuen wird, aber das ist sein Pech.»

Jeanne schwieg. Seine Worte passten überhaupt nicht zu dem, was ihr gerade durch den Kopf ging. Das Ende ihrer Beziehung war im Moment das kleinste ihrer Probleme.

Jacques schien etwas zu merken. «Ja, klar, damit hast du nicht gerechnet, manchmal kann ich eben doch zwischen den Zeilen lesen. Aber ich will ehrlich zu dir sein: Auch wenn ich mir während meines Überlebenskampfes irgendwann gesagt habe, Spott tötet nicht, bist du es gewesen, die mir am meisten geholfen hat. Du hast schnell reagiert. Du hast mir das Leben gerettet, Jeanne. Und wie sagt man so schön? Du hast bei mir jetzt etwas gut. Ich verspreche, in Zukunft nicht mehr so ein harter Knochen zu sein.»

«Dann werde ich das gleich nutzen … Ich habe bei dir etwas gut, das hast du selbst gerade gesagt, und da fällt mir spontan etwas ein. Weißt du noch, wie Stéphanie mal Benzin statt Diesel getankt hat? Und erinnerst du dich an den Abend, an dem du bei Laura zum ersten Mal Rucola essen musstest? Ich habe mir wohl auch einen kleinen Patzer erlaubt. Es könnte sein – und ich sage bewusst, es könnte sein –, dass ich den Gasherd und den Ofen angelassen habe, als ich mit dir ins Krankenhaus gefahren bin. Und es könnte sein, dass sich das Feuer ein bisschen im Haus ausgebreitet hat. Ein bisschen … zu sehr …»

Jacques tastete hektisch nach der Sauerstoffmaske und zog sie sich wieder übers Gesicht.

«Um es klar und deutlich zu sagen: Das Haus ist abgebrannt. Sind wir jetzt quitt?»

Aller guten Dinge sind drei

Als Jeanne Jacques' Zimmer verließ, war sie nicht unbedingt stolz darauf, dass sie versucht hatte, sich durch ihre Schwägerinnen zu entlasten. Aber gut, in der Not frisst der Teufel Fliegen. Gerade wollte sie den anderen erzählen, wie ihr Besuch bei Jacques verlaufen war, als sie merkte, dass sie alle ganz verzückt wirkten, was ihr nach den schrecklichen Erlebnissen des Tages eher unangemessen erschien. «Was ist los? Habe ich was verpasst?», fragte Jeanne.

«Es gibt Neuigkeiten. Sehr gute Neuigkeiten sogar, und das an diesem verrückten Tag», antwortete Alexandre.

«Nun sagt schon, was ist es?»

«Komm mit.» Martine nahm ihre Hand und zog sie durch ein Labyrinth aus Gängen und Treppen zu einer weiteren Tür. Aus dem Augenwinkel nahm Jeanne Antoinette wahr, die offenbar ebenfalls gerade eingetroffen war. Als sie den hinter der Tür liegenden Raum betrat, konnte sie im ersten Moment gar nicht genau erkennen, wer dort mit dem Rücken zu ihr im Bett lag. «Stéphanie?», fragte sie dann zögernd.

«Hallo, Schwägerin, Überraschung!»

Erst in dem Moment bemerkte Jeanne einen Brutkasten mit einem winzig kleinen Baby darin, das mit geschlossenen Fäusten zu schlafen schien. «Was? Er ist schon da?», rief sie ungläubig.

«*Sie* ist schon da! Und es geht ihr gut. Durch die Aufregung ging alles ein bisschen schneller, aber ist das nicht ein wunderbares Ende dieses schrecklichen Tages?! Jeanne, darf ich dir Bertille vorstellen?»

Obgleich einen Monat zu früh auf die Welt gekommen, war die Kleine offenbar vollkommen gesund. Und Stéphanie wirkte erstaunlich entspannt.

Wenig später versammelte Antoinette auf dem Gang die Truppen. «Also, sind alle da? Dann lasst uns los. Mein Haus ist groß, aber bei all den Betten, die zu beziehen sind, haben wir noch ein bisschen Arbeit vor uns, und wir wollen ja nicht erst um Mitternacht schlafen gehen.»

«Antoinette, Jeanne und ich kommen später nach», teilte Laura, die gerade erst hinzugestoßen war, ihr mit. «Alex und Nicolas beziehen unsere Betten. Alex wartet draußen schon mit dem Hund auf euch.»

Mit verschwörerischer Miene schob Laura Jeanne in Stéphanies Zimmer, die sie erstaunt, aber grinsend empfing. «Wir haben noch eine Kleinigkeit für dich, bevor wir endgültig abhauen. Ich hoffe, du hast Hunger und Durst.»

Stéphanie setzte sich im Bett auf, und ein noch breiteres Lächeln erschien auf ihrem Gesicht. Sie wagte nicht zu hoffen, dass Laura aus ihrer Tasche holen würde, wovon sie schon seit Monaten träumte ...

«Riech mal!», rief Laura und hielt ihr eine dicke Scheibe Gänseleberpastete unter die Nase. Und dazu ... Mojitos! Und dieses Mal nicht *Virgin* ...»

Jeanne breitete als Tischdecke ein Küchenhandtuch auf dem Bett aus und brach für sie alle drei Brot ab, während Laura die in der gegenüber vom Krankenhaus gelegenen Bar besorgten Mojitos servierte. Es war kein Luxus, aber es war gut!

Die vor Fett triefende Pastete aßen sie aus dem Papier.

«Ein Genuss!», schwärmte Laura.

«Ich könnte heulen», seufzte Stéphanie. «Und das hat nichts mit den Hormonen zu tun! Superlecker! Ich danke euch von ganzem Herzen!»

Jeanne beobachtete die beiden anderen. «Dürft ihr so was überhaupt: Gänseleberpastete und Mojitos? Als Vegetarierin und frischgebackene Mutter?»

«Schweig und schenk nach, Schwägerin!»

Die Liebe ist nichts für Feiglinge

Alle hatten mitgeholfen, so schnell wie möglich die Zimmer herzurichten, um bald ins Bett gehen zu können, doch Jeanne fand keinen Schlaf. Sie lag wach im Bett und grübelte, bis sie irgendwann beschloss aufzustehen, um sich draußen auf die Terrassenstufen zu setzen und in den Himmel zu schauen. Weder in Marseille noch in Paris hatte sie jemals so viele Sterne gesehen. Sie beobachtete Sternschnuppen und wusste nach einer Weile nicht mehr, ob es ihre Phantasie war, die ihr die leuchtenden Bahnen vorgaukelte, oder ob sie sich wirklich etwas wünschen durfte.

Allerdings war sie sich gar nicht sicher, was sie sich eigentlich wünschen sollte. Einige Stunden zuvor hätte sie noch inständig darum gefleht, Jacques möge am Leben bleiben und die Zeit zurückgedreht werden, damit das Haus verschont geblieben wäre. Jetzt gab es plötzlich wieder nur ihre Beziehungsprobleme, die ihr allerdings mittlerweile lächerlich vorkamen. Wie gern hätte sie jemanden gehabt, der ihr sagen könnte, wie das alles ausgehen würde.

Sie pflückte eine Margerite von der Wiese und begann, ein schmales Blütenblatt nach dem anderen abzuziehen. Selbst die Möglichkeit, die Entscheidung dem Zufall zu überlassen, schloss sie nicht aus.

Er liebt mich, ein bisschen, sehr, leidenschaftlich, über alle Maßen ... er liebt mich nicht!

Angesichts des negativen Ergebnisses griff sie nach einer weiteren Blume. Mit dem gleichen Ergebnis. Jeanne beschloss, gedanklich das Thema zu wechseln. *Werde ich Ärger von Jacques kriegen? Ein bisschen, sehr, überhaupt nicht, ein bisschen ... sehr!*

Noch eine andere Frage: *Wie oft im Jahr werde ich mich wegen Nicolas' Familie zusammenreißen müssen? Manchmal, häufig, nicht so oft, überhaupt nicht, manchmal ... häufig!*

«Was ist los, warum bist du nicht im Bett?», fragte Nicolas schläfrig. Man sah ihm an, dass er die warmen Decken nur sehr ungern verlassen hatte. Jeanne zuckte zusammen, als wäre sie bei etwas ertappt worden. Sie hockte inmitten von Margeritenblättern. Er setzte sich neben sie und hob eins davon auf.

«Der Tag war aufregend. Ich krieg das alles nicht aus dem Kopf.»

«Wenn du dir wegen des Hauses oder wegen Papa Sorgen machst, das brauchst du nicht. Du hast getan, was du tun konntest. Der Arzt hat es ja gesagt: In solchen Fällen kommt es auf jede Sekunde an, und die Sekunde, die es gedauert hätte, den Ofen auszustellen, hätte für ihn den Tod bedeuten können. Materielle Dinge verlieren ihre Bedeutung.»

«Und was zählt für dich wirklich? Ich bin mir nicht sicher, ob ich es weiß.»

Nicolas klopfte auf der Suche nach einem Päckchen Zigaretten die Taschen seines Pyjamas ab – ohne Erfolg. Stattdessen holte er tief Luft, sah Jeanne schweigend an und strich ihr über die Wange.

«Nein, Nicolas, ich will Worte. Ich will hören, was du wirklich willst. Was für dich wichtig ist. Und keine Ausflüchte. Die Zeiten sind vorbei.»

«Ich versuche doch gar nicht, der Frage auszuweichen. Ich suche nur nach den richtigen Sätzen. In der Küche neigt man dazu, eher kurze und schroffe Anweisungen zu geben, sich manchmal sogar anzuschreien. Und bis jetzt war das auch privat mehr oder weniger unsere Art, miteinander zu reden.»

Jeanne verkrampfte. Das waren nicht die Worte, auf die sie gehofft hatte. Nervös riss sie eine weitere Margerite aus und zerpflückte sie, ohne richtig zu merken, was sie tat.

«Wenn ich mir meine Eltern ansehe, besonders nach dem, was heute passiert ist, bin ich stolz auf sie. Beeindruckt sogar. Sie sind seit vierzig Jahren zusammen und lieben sich immer noch. Wie haben sie das gemacht, ohne sich gegenseitig umzubringen?»

«Hübsche Vorstellung von Liebe», kommentierte Jeanne.

«Nein ... lass mich ausreden. Ich versuche, das, was ich empfinde, zum ersten Mal in Worte zu fassen, wie du wolltest.»

Jeanne wandte den Blick wieder gen Himmel. Sie befürchtete, dass das, was sie jetzt zu hören bekäme, ihr nicht gefallen würde.

«Das Leben meiner Eltern war für mich nie erstrebenswert. Mein Vater ist immer der King gewesen, und ich glaube, dass meine Mutter nicht besonders zufrieden war. Vielleicht ist es zu viel verlangt, aber ich möchte sicher sein, dass meine Frau glücklich mit mir ist. Und ich weiß auch, dass das nicht selbstverständlich ist, weil ich echt ein Idiot sein kann, der noch dazu die Gene seines aufbrausenden Vaters mit sich herumschleppt. Ich könnte mich mehr anstrengen, aber ich glaube, und vielleicht ist das naiv, dass ein Paar am Anfang einer Beziehung das nicht nötig haben sollte. Die Liebe sollte von ganz allein funktionieren, wenn man den richtigen Menschen gefunden hat.»

Jeannes Augen wurden feucht, und sie spürte einen Kloß im Hals. Sie starrte weiter in den Himmel, konnte aber hinter dem Tränenschleier nichts mehr erkennen.

«Wie siehst du das, Jeanne?»

Pah! Da hast du dir ja einen tollen Moment ausgesucht, mich zum Reden aufzufordern. Wie freundlich, mir den Ball wieder zuzuspielen, ohne ein einziges Wort der Ermutigung deinerseits. Eine super Methode, sich selbst zurückzusetzen und mich über unser Schicksal entscheiden zu lassen.

«Führ du deinen Gedanken nur zu Ende, Nicolas», brachte sie hervor.

Er suchte im Dunkeln ihren Blick, doch Jeanne schien sich ihm zu entziehen. Er hatte das Gefühl, sich mit jedem Satz tiefer hineinzureiten, wollte ihr aber auch nichts vormachen. «Ehrlich gesagt weiß ich nicht genau, was das heißt, der ‹richtige Mensch›. Ich glaube, es heißt ein Mensch, den man wahnsinnig liebt, jemanden, den man ansieht und dabei insgeheim denkt: ‹Diese Frau würde ich mir als Mutter meiner Kinder wünschen›, ein Mensch, mit dem man über dieselben Dinge lacht, auch in fünfzig Jahren noch. Ein Mensch, mit dem man sich selbst treu bleiben kann, ohne eine Rolle zu spielen. Ein Mensch, bei dem man spürt, dass es selbstverständlich ist, dass es für *beide* selbstverständlich ist.»

«Und du glaubst, dass es so etwas gibt?», fragte Jeanne, den Blick nach wie vor in die Ferne gerichtet, und bereute die Frage bereits, denn sie wusste, dass sie nicht für jede Antwort bereit war.

«Ja. Du nicht?»

Jeanne war am Ende ihrer Kräfte. Sie zögerte, ehe sie antwortete. Wie gern hätte sie endlich von ihm gehört, dass er sie liebte! «Das ist eine sehr schöne Definition einer verwandten Seele. Aber trifft sie auf uns zu? Sind wir das Paar, von dem du träumst? Bin ich ‹der richtige Mensch› für dich? Ich muss es wissen, ich muss hören, was du über *uns* denkst.»

Jeanne wusste, dass es ein Vorher und ein Nachher geben würde. Egal, was Nicolas jetzt antwortete, danach wüsste sie, wie es um ihre gemeinsame Zukunft bestellt wäre.

«Ich liebe das Leben mit dir. Ich liebe, wie wir gemeinsam lachen können, wie wir uns im Restaurant ansehen, ich mag sogar, wie wir uns streiten. Ich fühle mich lebendig und glaube, dass ich mit dir besser werde, zu dem werde, der ich gern sein würde. Gelassener und weniger hitzköpfig. Aber ich habe Angst. Ich habe Angst, dir nicht zu genügen. Bei dir scheint alles so selbstverständlich und einfach. Oft fühle ich mich wie eine totale Niete. Weil ich noch immer keinen Weg gefunden habe, dir zu begegnen, ohne dich gegen mich aufzubringen. Dir einfach mal eine Freude zu machen. Oft traue ich mich schlicht nicht, dir gegenüber bestimmte Dinge zu sagen. Du beeindruckst mich sehr! Dabei sollte ich doch der harte Kerl sein! Mir würde es guttun, wenn dein Panzer etwas durchlässiger wäre und du ein wenig offener wärst. Und du sagst mir auch nie, dass du mich liebst. Deshalb fange ich langsam an, daran zu zweifeln. Wenn dich etwas an mir stört, musst du mich darauf aufmerksam machen. Manchmal merke ich, dass dich innerlich etwas wurmt und du es mir insgeheim vorwirfst. Aber du sagst nichts! Und ja, ich glaube, dass du die Richtige bist. Nein, ich *weiß*, dass du die Richtige bist.»

Jeanne gelang ein Lächeln. Zwar konnte sie sich nicht dazu bringen, Nicolas in die Augen zu sehen, aber sie griff nach seiner Hand.

«So, und jetzt sieh mich bitte endlich an! Auch du hast manchmal das Recht zu weinen, Jeanne. Gefühle darf man zeigen. Hör auf zu versuchen, immer die Starke zu sein, der man nichts anhaben kann. Sieh mich an! Seit drei Minuten rede ich heulend auf dich ein, und du tust alles, um deine steinerne Fassade zu wahren.»

Jeanne warf sich Nicolas in die Arme und ließ den Tränen freien Lauf. Sie legte den Kopf an seine Schulter und umarmte ihn so fest, wie sie noch nie jemanden umarmt hatte, so fest, als hinge ihr Leben davon ab.

Kindermund tut Wahrheit kund

Nach fünf Tagen konnte Jacques das Krankenhaus wieder verlassen. Kaum dass er draußen war, wollte er sofort persönlich das Ausmaß der Katastrophe in Augenschein nehmen. Er wusste, dass es ihm einen Schock versetzen würde, aber ihm war auch klar, dass das abgebrannte Haus der Preis war, den er zahlen musste, um noch am Leben zu sein. Ein kleiner Tribut dafür, dass er sich noch inmitten seiner Lieben befand. Und an Martines Seite.

Alle waren mitgekommen. Schon von der Straße aus sah man den erheblichen Schaden. Die Fassade war komplett schwarz, und die wenigen nicht zerborstenen Fenster waren verrußt.

«Das Tor hat es immerhin überstanden», stellte Jacques verbittert fest. «Siehst du, Laura, das wurde ordentlich repariert. Mal sehen, ob die Geländer noch ganz sind, Stéphanie.»

Alle hoben den Blick und sahen, dass die neuen Geländer vor den zerstörten Fenstern vollkommen verkohlt waren. Das Dach war eingestürzt.

Martine brach in Tränen aus. «Wir haben alles verloren, Jacques. Alles! Fotos, die Sachen der Kinder, Bücher, deine Schätze. Alles!»

«Aber das stimmt doch gar nicht, Oma. Das Spielhaus ist noch heil, guck mal!», rief Paul und zeigte mit dem Finger in den Garten. «Und im Beet ist ganzz viel reif!», ergänzte Jules und lief los, um das Obst und Gemüse genauer zu inspizieren.

Jacques ging auf das Haus zu. Er wollte es von innen sehen. Vielleicht war es dort gar nicht so schlimm.

«Du kannst da nicht rein», hielt ihn Laura zurück. «Die Feuerwehr hat es verboten, weil Einsturzgefahr besteht.»

«Genau deshalb will ich ja rein, vielleicht können wir noch etwas retten. Martines Bilder –»

«Die Feuerwehr wird noch einmal vorbeikommen und alles sichern. Sie sagen, die Chance, dass das Haus erhalten werden kann, ist gering. Ihrer Meinung nach ist es besser, es abzureißen und neu zu bauen», fuhr Laura fort.

Jacques schüttelte den Kopf und entfernte sich. Langsam wurde ihm bewusst, was das, was er vor sich sah, bedeutete. Sein Haus, das er mit eigenen Händen renoviert hatte und auf das er so stolz war, gab es nicht mehr. Er musste einen Strich unter die Vergangenheit ziehen – unter Martines Markierungen, die sie an die Wand gemacht hatte, wenn sie die Kinder maß, unter die Streifen an der Tapete, die von den unzähligen Koffern stammten, die die Treppe hinaufgetragen worden waren, unter die Kratzer auf dem Tisch, die die Kinder beim Wurstschneiden dort hinterlassen hatten. All die kleinen Details und Mängel, über die er sich so oft geärgert hatte, die aber Spuren ihres glücklichen Familienlebens waren. Alles war buchstäblich in Rauch aufgegangen. Für immer. Ihnen blieben nur noch Erinnerungen. Jacques schloss die Augen. Er wollte all diese Momente, so gut es eben ging, in seinem Gedächtnis festhalten.

Dann sah er zu Jules und Paul und lächelte. «Und, Jungs, was für ein neues Haus hättet ihr gern? Auf jeden Fall brauchen wir Platz für Bertille. Vielleicht sollten wir auch ein größeres Spielhaus bauen.»

«Oh ja!», riefen Jules und Paul mit von Blaubeeren verschmierten Mündern im Chor. «Ein Riesenspielhaus bis zum Himmel, Opa!»

«Einverstanden.» Jacques tat so, als würde er einen Bleistift hinter dem Ohr hervorziehen, um sich den Wunsch zu notieren. «Und für dich, Laura? Bauen wir draußen eine hübsche Hundehütte für Jack? Das heißt, für Jack und seine zukünftigen Freunde?»

Laura lächelte zustimmend.

«Und was würde dir Freude bereiten, Jeanne?»

Einen Moment lang sahen die beiden sich schweigend an. Ihr Gespräch, in dem es um ihre mögliche Trennung von Nicolas gegangen war, hatten sie nach wie vor nicht zu Ende geführt. Jacques hatte keine Ahnung, wie sie inzwischen zueinander standen.

«Ich bräuchte einen sehr großen Weinkeller für all die guten Flaschen, die ich euch jedes Jahr mitbringen werde», antwortete sie und schmiegte sich an Nicolas. «Und einen großen Fernseher, um mit dir alle Fußballspiele zu sehen, in denen sich Marseille souverän gegen Rennes durchsetzen wird.»

Jacques grinste verschwörerisch, ehe er sich an Martine wandte. «Und du? Was möchtest du, *Chérie*? Die Doppelverglasung und einen Kamin, der wirklich wärmt, habe ich bereits notiert, aber wenn du noch von etwas anderem träumst, ich bin ganz Ohr. Wie wär's zum Beispiel mit einem lichtdurchfluteten Wintergarten zum Malen?»

Martine hätte gern geantwortet, doch der trostlose Anblick des in Schutt und Asche liegenden Hauses nahm sie so mit, dass einmal mehr ihre Knie anfingen zu zittern.

Paul, der es bemerkte, bot ihr daraufhin an: «Komm, Oma, ich leih dir meinen Stuhl aus dem Spielhaus.»

Auf heißen Kohlen sitzen

Martine und Jacques saßen auf den kleinen Hockern im Spielhaus. Die Kinder waren schon zu Antoinette gefahren, um das Essen vorzubereiten, und sie hatten verabredet, in Kürze nachzukommen.

«Das Häuschen ist gemütlich», sagte Martine und griff nach einer Decke, weil ihr ein wenig kühl war. «Jules, Paul und Bertille werden sich hier nächsten Sommer sehr wohlfühlen.»

«Ist dir aufgefallen, dass ich keinen Kommentar zum Vornamen der Kleinen gemacht habe?», fragte Jacques. «Dieses Mal habe ich den Mund gehalten, auch wenn ich ihn alles andere als toll finde. Das ist der neue Jacques, und er verspricht, ein ganz besonderer Jahrgang zu werden.»

Martine lächelte, aber es wirkte gequält.

Zärtlich griff er nach ihrer Hand. «Was ist los, *Chérie*?»

Ihre Augen füllten sich mit Tränen. «Es ist so schwer», begann sie mit zitternder Stimme. «Fünfunddreißig Jahre, Jacques. Fünfunddreißig Jahre unseres Lebens haben wir in diesem Haus verbracht. Ich sehe den Moment noch vor mir, in dem ich in die Küche gekommen bin und dir verkündet habe, dass ich mit Alexandre schwanger bin. Ich erinnere mich, wie mein Vater einmal im Sommer da war und nur an deinen Renovierungsarbeiten herumgemäkelt hat. Ich weiß auch noch, wie du unermüdlich das ideale Haus für uns, für deine Familie geplant hast. Wir waren glücklich. Natürlich, wenn man bedenkt, dass ich dich hätte verlieren können, ist letztlich alles andere unwichtig, trotzdem ist ein Teil von uns mit diesem Haus verschwunden. Und das tut weh.»

«Sieh es als Neubeginn, Martine. Ein wenig erzwungen, das gebe ich zu, und auch mir macht die Situation Angst. Aber das Ganze hat trotzdem positive Seiten. Wir werden ein neues, großes und schönes Haus bauen. Eins, in dem dir immer warm sein wird und du viel Platz zum Malen und für unsere Enkelkinder hast. Es wird einen Dachboden haben, so wie du als Kind einen hattest, und größere und besser schallisolierte Zimmer, in der Hoffnung, dass sie uns noch ein Dutzend Enkelkinder bescheren.»

Das brachte Martine zum Lachen.

«Und du bekommst endlich die riesige Bibliothek, die du dir immer gewünscht hast. Außerdem müssen wir Raum für unsere Schwiegertöchter schaffen. Wie sollen sie richtig in unsere Familie hineinfinden, wenn es gar keinen Platz für sie gibt? Du hast von einem schönen Haus für deinen Ruhestand geträumt, und du wirst es bekommen.»

«Ja, so machen wir das. Wir bauen uns ein wunderschönes neues Zuhause.»

Martine lächelte. Die Kinder hatten tatsächlich bislang mit sehr engen und schlecht isolierten, direkt nebeneinanderliegenden Zimmern vorliebnehmen müssen.

«Ich möchte, dass du in dem neuen Haus aufblühst», fuhr Jacques fort, «dass du viel Platz für neue Bilder hast. Und wenn du einen Esel haben willst, Schafe oder sogar eine Katze, die dir als Modell dienen könnten, dann soll es so sein. Wenn du Lust hast, ein Bed-and-Breakfast zu eröffnen, weil du schon immer von einem offenen, gastfreundlichen Haus geträumt hast, in dem man bei gutem Essen zusammensitzt, werde ich dich dabei unterstützen. Ich werde mich um den Nutzgarten kümmern und unseren Gästen die Gegend zeigen.»

Mit so viel Elan hatte Martine, insbesondere angesichts des in Schutt und Asche liegenden Hauses, bei Jacques nicht gerechnet. Daran, dass es möglich sein könnte, ihre Wünsche in die Tat umzusetzen, wagte sie noch gar nicht zu denken. Im Moment zählte vor allem, dass sie zusammen waren und eine glückliche Familie um sich herum hatten.

«Ist gut, Jacques. Darüber sprechen wir noch. Aber nun komm, wir fahren zu Antoinette und sehen, ob wir dort ein bisschen helfen können.»

«Nein, warte. Weißt du, was wir jetzt machen?», sagte Jacques sichtlich aufgeregt. «Ich habe eine super Idee!»

«Noch eine? Du hast ja im Moment minütlich neue Ideen, was mir ehrlich gesagt ein bisschen Angst macht», gab Martine zu.

Jacques erhob sich ruckartig und stieß sich den Kopf an der niedrigen Decke des Spielhauses. Doch das konnte ihn nicht von seinem Vorhaben abhalten. «Wir fahren gemeinsam in den Urlaub», verkündete er und nahm ihre Hand. «Du hattest recht. Wir müssen mal raus, denn was nützen einem Träume und ein volles Sparbuch, wenn man nicht das eine nutzt, um das andere zu verwirklichen?»

«Aber Jacques, haben wir denn überhaupt genug Geld dafür, wenn wir ein neues Haus bauen wollen?»

«Es muss doch zu etwas gut sein, eine Schwiegertochter zu haben, die bei einer Versicherung arbeitet. Also, wohin willst du fahren? Venedig?»

Passt der Weihnachtsmann durchs Heizungsrohr?

Folgender Brief lag kurz vor dem Heiligen Abend auf dem Fensterbrett:

Lieber Weihnachtsmann,
dieses Jahr war ich lieb, sehr lieb sogar. Ich hoffe, das hast du gesehen und du setzt meinen Namen auf die Liste für die Braven. Und du musst unbedingt daran denken, dass ich das coole grüne Rad haben will, das ich in dem Laden neben dem Supermarkt gesehen habe. Keine Carrera-Bahn. Die wünscht sich Jules. Was Bertille haben will, wissen wir nicht, sie hat noch nichts gesagt.
Opa meint, weil du schon so alt bist, hast du vielleicht Alzheimer. Deshalb schreibe ich dir auch die Adresse auf, zu der du das Fahrrad bringen sollst. Zur Sicherheit.
Dieses Jahr waren wir zum ersten Mal nicht an der Nordsee, sondern an dem anderen Meer. Jeanne sagt dazu Mittelmeer, auch wenn Oma und Opa die ganze Zeit gesagt haben, dass wir in den Süden gefahren sind, also müsste es doch eigentlich Südsee heißen. Das finde ich komisch. Jedenfalls ist es dort auch schön, aber zu

warm. Deshalb schneit es da auch nie. Wir waren mit Oma und Opa dort, weil ihr Haus ja abgebrannt ist. Die Leute haben sehr komisch gesprochen, aber das Haus war super. Und der Pool genial! Wir haben total viel gelacht, und niemand musste ins Krankenhaus, nicht mal, als Opa gekocht hat.

Weißt du, Opa war dieses Jahr auch echt lieb. Er hat fast keine Schimpfwörter benutzt, und Oma singt die ganze Zeit. Sogar Mama lacht jetzt, wenn Opa einen Witz macht. Wenn du Opa also einen Gefallen tun willst: Er würde sich sehr über den gleichen Pool in seinem Garten freuen, den wir im Urlaub hatten. Ja, das hat er mir gesagt. Und Jules und Bertille waren einverstanden.
Jetzt weiß ich gar nicht, was ich dir noch schreiben soll. Dir muss doch ziemlich kalt sein am Nordpol, ganz allein mit den Wichteln. Vielleicht schaust du mal bei Jeannes Mama in Marseille vorbei. Sie hat nämlich keinen Mann und ist sehr nett. Und sie kocht sehr gut. Wenn sie lacht, klingt sie wie ein Seehund. Sonst gibt es noch Antoinette. Aber die ist zu alt für dich, glaube ich. Sie hat mir mal erzählt, sie habe noch mit Dinosauriern gelebt.
Ich umarme dich ganz doll, lieber Weihnachtsmann, und hoffe sehr, dass du durch das Heizungsrohr passt (hier bei Antoinette gibt es nämlich keinen Kamin). Oma meint, es sollte gehen, aber Jules hat es ausprobiert, und bei ihm hat es nicht funktioniert.
Paul

PS: Ich würde mich freuen, wenn du ein paar Wichtel schicken könntest, um Omas und Opas Haus wieder aufzubauen. Opas alte Kollegen sind nämlich nicht besonders schnell, und ich würde gern im Sommer den Pool benutzen und mit Jules und Bertille auf dem Dachboden schlafen. Danke im Voraus, lieber Weihnachtsmann.

Das Allerletzte

Martine und Jacques hüpften in ihrer festlichen Kleidung in der Kälte vor der Haustür auf und ab und lachten wie Teenager. An diesem Weihnachtsfest waren nicht sie die Gastgeber, sie mussten aber später auch nicht mehr nach Hause fahren, weshalb sie bereits mit dem Feiern begonnen hatten.

Als Antoinette öffnete, hielt sie ihnen den Müll hin, den sie zur Tonne bringen sollten. Sie waren ein eingespieltes Team ... Als Martine und Jacques schließlich das überheizte Haus betraten, sahen sie, dass sie die Letzten waren. Die versammelte Familie saß bereits im Wohnzimmer, einer eleganter als der Nächste: die Herren im Anzug und die Damen in feinen Kleidern. Antoinette trug eine bunte Seidenbluse und hatte sich die Haare in Wellen legen lassen, wie sie es nur für besondere Anlässe zu tun pflegte. Als Martine und Jacques ihre Mäntel abgelegt hatten, pfiff sie anerkennend. «Wenn ich mir eine Bemerkung erlauben darf, ihr seht hinreißend aus! Es ist, als würde man euch noch einmal bei eurem ersten Rendezvous erleben. Martine, dieses rote Kleid, ein Traum! Allerdings hast du vergessen, den Reißverschluss zuzumachen.» Antoinette nahm die Flasche Prosecco entgegen, die Martine und Jacques aus Italien mitgebracht hatten.

«O nein ... *merde!*» Martine errötete und warf Jacques einen bittenden Blick zu, der daraufhin mit geübter Hand ihr Kleid schloss.

Die musikalische Untermalung war für ein Weihnachtsfest bei den Le Guennecs neu. Statt Michel Sardou hatte nun Julien Clerc die Ehre, bei dem insbesondere Antoinette und Martine warm ums Herz wurde. «Fais-moi une place» schallte durchs Haus.

«Wo sind denn meine kleinen Mäuse?», fragte Martine, als ihr auffiel, dass niemand sie wegen des Fluchens zurechtgewiesen hatte.

«Sie bauen gerade auf dem Dachboden die Heizung auseinander, damit der Weihnachtsmann besser durchpasst», antwortete Stéphanie und horchte ins Babyphone.

«Super, dann lass uns die Geschenke holen gehen, solange die Kleinen uns nicht sehen können, Jacques. Aber wartet auf uns mit dem Anstoßen!»

Das von Antoinette zubereitete Abendessen war das reinste Fest. Nicht weniger als sieben Gänge würde es geben: *Foie gras*, Räucherlachs, Austern, Weißwurst, Rehbraten, Käse und natürlich die traditionelle *Bûche*, eine Schokobiskuitrolle. Ein wahrer kulinarischer Marathon. Die alte Dame tischte groß auf, nur an die ernährungstechnischen Eigenheiten der Schwiegertöchter hatte sie nicht gedacht.

Doch Stéphanie konnte in diesem Jahr zum Glück wieder alles essen. Und Laura hatte sich nach den Erfahrungen aus den vergangenen Jahren ihr eigenes Festmenü mitgebracht: Lebkuchen-Macarons mit Zwiebelkonfit, Ziegenkäse mit Honig und Feigen, kleine Blätterteigtaschen mit Steinpilzmousse, *Crème brûlée* mit Parmesan und Limettensorbet. Nachdem sie alle Tupperdosen ausgepackt hatte, half sie Antoinette, die Sektflöten ins Wohnzimmer zu tragen.

«Dich habe ich ehrlich gesagt vollkommen vergessen, Laura!», gab die alte Dame kleinlaut zu.

«Als mir Alexandre von *Foie gras*, Rehbraten und Würsten erzählte, dachte ich mir, es wäre besser, selbst vorzusorgen», antwortete Laura lachend, als sie das Wohnzimmer betraten.

«Da ich gerade ‹Würste› höre. Habt ihr die letzten Wahlen zur Miss France gesehen?», fragte Alexandre.

«Hör mit diesen Sprüchen auf!», mahnte Stéphanie. «Was musst du denn dann von *mir* denken? Schließlich habe ich auch noch einige Kilos von der Schwangerschaft übrig!»

«Dass du eine Mama mit wohlproportionierten Rundungen bist», antwortete Alexandre aufrichtig lächelnd.

Jacques wechselte daraufhin lieber das Thema und stellte angesichts des Tabletts mit den dicht an dicht stehenden Gläsern die unvermeidliche Frage: «Wie viel Prosecco soll ich einschenken? Nein, anders ausgedrückt: Wer will keinen Prosecco? Er enthält auch keine Sulfite, Laura. War gar nicht so leicht zu finden, erinnerst du dich, Martine?»

«Ja, ich nehme einen Schluck.»

«Dann also für alle? Neun Gläser.»

Jacques begann einzuschenken, als Jeanne anbot, den Job für ihn zu übernehmen. Anstandslos reichte er ihr die Flasche, und sie füllte die restlichen Gläser bis auf eins, was Matthieu auffiel, als sie schon fast dabei waren anzustoßen: «Moment mal, wessen Glas ist leer? Jeannes? Eine Sommelière, die nicht trinkt, das ist verdächtig, oder?»

«Gibt es vielleicht etwas zu verkünden?», schlug Alexandre in dieselbe Kerbe.

Jeanne und Nicolas tauschten einen verschwörerischen Blick und ein verlegenes Lächeln. «Wir haben gedacht», begann Jeanne dann und zwinkerte Jacques zu, «dass nächsten Sommer in dem neuen Haus genug Platz für einen unverhofften zusätzlichen Gast wäre.»

Die ganze Familie brach einstimmig in Jubel aus und erhob sich, um die beiden Eltern in spe zu umarmen. Obwohl Jacques schon eingeweiht gewesen war, hatte er Tränen in den Augen.

«Wenn du willst, können wir mein Essen teilen, Jeanne», schlug Laura vor. «Ich habe mehr mitgenommen, für den Fall, dass Jacques plötzlich Lust verspüren sollte zu probieren», sagte sie und zwinkerte ihrem Schwiegervater ebenfalls zu. «Es ist nichts mit Rucola dabei, das schwöre ich!»

Langsam wurde auch Antoinette bewusst, dass sich

diese überraschende Ankündigung – denn dieses Mal war sie nicht, wie sonst, vorher ins Vertrauen gezogen worden – schlecht mit ihren Menüplänen vertrug. «Was ist das nur für eine dumme Marotte, dass ihr alle immer an Weihnachten schwanger sein müsst! Warum einfach, wenn's auch umständlich geht!»

«Keine Sorge, Laura hat mir ja netterweise schon angeboten, ihr vegetarisches Menü mit ihr zu teilen. Weißwurst und ein winziges Eckchen *Foie gras* nehme ich aber trotzdem. Was machen eigentlich meine Lieblingsneffen da oben? Sie sind verdächtig brav!»

«Nicht wirklich, ich habe ihnen inzwischen eine DVD angemacht, die *Eiskönigin*», antwortete Stéphanie.

«Aber ist das nicht ein Film für Mädchen?», mischte sich Alexandre ein.

«Überhaupt nicht! In diesem Jahr habe ich jedenfalls nicht von Michel Sardou einen Ohrwurm, sondern von ‹Lass jetzt los!›. Seit zwei Monaten wache ich mit diesem Lied im Kopf auf. Meine Kollegen meinen sogar, ich würde es bei der Arbeit summen. Immerhin haben wir nun bis nach dem Essen Ruhe …»

Um kurz vor Mitternacht befanden sich alle im Fresskoma. Die Hälfte der Biskuitroulade war noch übrig und begann, auf der Platte langsam zu zerfließen. Paul und Jules, die überhaupt nicht müde waren, zählten die Sekunden herunter. Jacques und Martine konnten es kaum erwarten, bis ihre Familie die Überraschungen, die sie für jeden Einzelnen ausgesucht hatten, auspacken würden. Bei den Enkeln, die dieses Mal nicht bis zum Morgen warten mussten, hatten sie sich an die Wunschzettel für den Weihnachtsmann gehalten, bei den Großen, insbesondere ihren Schwiegertöchtern, waren sie sich weit weniger sicher, das Richtige gefunden zu haben. Sie begannen, sich zu fragen, warum sie zumindest teilweise von der Tradition abgewichen waren, Dinge mit versteckter Botschaft zu verschenken, zumal sie nicht wussten, ob die andere Seite vielleicht dabei geblieben war ...

Paul hatte die Pakete verteilt, sodass jeder nun einen kleinen Stapel auf den Knien balancierte. Als die Uhr Mitternacht schlug, stürzten sich alle darauf und zerrissen hektisch das Geschenkpapier. Die Enkelkinder und Antoinette stellten erleichtert fest, dass der Weihnachtsmann nicht versucht hatte, selbst kreativ zu werden, sondern sich an die Wünsche gehalten hatte, das hieß: ein grünes Fahrrad, eine Carrera-Bahn und eine gigantische Schachtel *Mon Chéri*, die man besser nicht allein und auf einmal aß, weil man sonst ernstlich beschwipst wäre.

Stéphanie, Laura und Jeanne machten sich mit Blicken gegenseitig Mut, ehe sie ihre jeweiligen Geschenke in Angriff nahmen. Jeanne öffnete ein rechteckiges Paket und rechnete schon mit dem x-ten Buch, als ein Etui mit einer wunderhübschen Kette darin zum Vorschein kam.

«Der Stein ist ein Erbstück. Er stammt aus einem

Ring, der aber viel zu klein war, deshalb habe ich ihn in ein Collier einarbeiten lassen. Gefällt es dir?»

«Martine! Du hättest mir keine größere Freude machen können. Ich liebe Schmuck», rief Jeanne und legte die Kette sofort um, zusätzlich zu der langen, die sie bereits trug.

Stéphanie und Laura, die sich nicht daran erinnern konnten, jemals etwas derart Edles bekommen zu haben, beäugten zunehmend neugierig ihre eigenen rechteckigen Päckchen.

Als Nächste öffnete Laura ihres vorsichtig, das von außen genauso aussah wie Jeannes. In ihrem Etui befand sich ebenfalls eine Art Collier, aber es war ein hellbraunes Lederband und nicht zu vergleichen mit der Goldkette, die ihre Schwägerin bekommen hatte.

Martine entging Lauras verhaltene Reaktion nicht, und eilig fügte sie erklärend hinzu: «Du kannst dir denken, dass dieses Geschenk von Jacques ist.»

Pikiert und ratlos sah Laura zu ihm, worauf er in schallendes Gelächter ausbrach und amüsiert rief: «Siehst du denn nicht, dass das ein Halsband für Jack ist, für deinen Hund? Für dich ist das kleine grüne Päckchen darunter.»

Ungeduldig riss Laura das Papier auf und erblickte eine in Braun und Türkis gehaltene Schachtel wie die der Pralinen von Jeff de Bruges. Sie machte sich nicht besonders viel aus Schokolade und musste sich bemühen, ihre Enttäuschung zu verbergen. Offenbar eckte Jeanne bei den Schwiegereltern weniger an als sie selbst und wurde deshalb bevorzugt. Wild entschlossen, die Pralinen mit den anderen zu teilen, damit sie ihr Geschenk so schnell wie möglich vergessen konnte, öffnete sie die Schachtel und fand darin etwas ganz anderes als erwartet: ein Armband.

«Wow! Das ist ja superhübsch – schlicht, aber edel. Und überhaupt nicht kitschig. Das kann ich sogar bei der Arbeit tragen, ohne gleich als ‹Kaviar-Linke› abgestempelt zu werden. Bei Hilfsorganisationen ist das ja immer ein bisschen heikel. Danke euch beiden. Das ist das beste Weihnachtsgeschenk überhaupt!» Laura erhob sich und umarmte ihren Schwiegervater so herzlich wie nie zuvor. Sie war wirklich gerührt.

Nun wanderten alle Blicke zu Stéphanie, die ihr Päckchen betrachtete, das kleiner war als die der beiden anderen. Behutsam zog sie Band und Papier ab, und eine kleine blaue Schachtel aus Leder kam zum Vorschein. Als sie den Deckel anhob, sah sie auf dem Samt zauberhafte Saphirohrringe glitzern.

Laura und Jeanne beugten sich sofort darüber, um sie genauer zu betrachten. «Kate Middleton hat auch solche! Die sind ein Traum!»

Stéphanie tauschte die Perlen, die sie trug, gegen die blauen Hänger aus. Sie standen ihr phantastisch und hoben ihre hellen Augen wunderbar hervor.

Seite an Seite schenkten die drei Frauen ihren Schwiegereltern ein noch nie da gewesenes Lächeln.

«So, das reicht jetzt aber auch mit dem verschwenderischen Verteilen des Erbes», scherzte Nicolas. «Und hört auf, so dumm zu grinsen. Man könnte meinen, ihr würdet für einen Schmuckkatalog posieren.»

«Wir genießen», erwiderte Laura. «Wer weiß, ob uns der Weihnachtsmann jedes Jahr so verwöhnt. Was habt ihr eigentlich bekommen, Jungs?»

Die Brüder zogen die Mundwinkel herunter. Die beiden jüngeren hatten Bücher auf dem Schoß. Bücher, die ihr Vater für sie ausgesucht hatte. Bücher, die eine Botschaft enthielten: Für Nicolas, den werdenden Vater, hatte Jacques, da er dieses Mal nicht der Letzte gewesen war, der von der Schwangerschaft einer seiner Schwiegertöchter erfahren hatte, ein Standardwerk zur Kindererziehung besorgt. Und Alexandre hatte ein Buch über Sexismus im Alltag bekommen, geschrieben von einer *der* Vorkämpferinnen für Gleichberechtigung zwischen den Geschlechtern, damit ihm der Stoff für die Diskussionen mit seiner Schwägerin Stéphanie nicht ausging. Nur für Matthieu hatte er etwas anderes gefunden: Kostüme in Erwachsenengröße von Elsa und Anna aus *Die Eiskönigin* – zugegeben, ein wenig albern, aber vor allem ein massiver Affront gegen Matthieus männliche Ehre, der ihm allerdings nur guttun konnte.

Jacques und Martine waren zufrieden mit ihren Scherzen und konnten sich jetzt ihren eigenen Geschenken widmen. Welche Überraschungen hatten sie zu erwarten?

Das erste Paket, das Jacques öffnete, war von Laura: ein vegetarisches Kochbuch, in dem dazu eine Liste aller Nahrungsmittel lag, die sie nicht mochte. Neben

Spargel, Kiwis und Roter Beete waren es noch einige mehr.

«Jacques, bei zwei Rezepten, die du sehr gern mochtest, habe ich mir erlaubt, ein Post-it mit meinen persönlichen Anmerkungen beizufügen – beim Schafskäse mit Rucola im Glas und bei der vegetarischen Lasagne *alla parmigiana.*»

«Vielen Dank, Laura», sagte Jacques. «Darauf wäre ich nie gekommen, danke! Ich hoffe, dass wir das nächste Mal, wenn wir losen, in einem Team sind. Dann kannst du mir beibringen, wie man die Gerichte zubereitet.»

«Ihr könnt uns ja auch öfter in Paris besuchen kommen. Ich habe inzwischen auch in eine Hausapotheke investiert. Du musst also nicht mehr die Stilnox deiner Frau klauen», erwiderte Laura lachend.

Auf Jacques wartete noch ein zweites Paket. Es war eine CD, auf der junge Interpreten die Hits von Michel Sardou nachsangen.

«Von uns für uns alle. Ein weiterer Kompromiss: deine Lieblingslieder, aber keine Überdosis Michel Sardou», erklärte Stéphanie. «Und das hier ist auch für dich.» Sie reichte ihm ein flaches Geschenk.

Jacques packte eine signierte Single aus. Es handelte sich um die Erstauflage von Michel Sardous Hit «Les Vieux Mariés» aus dem Jahr 1973. In dem Lied ging es um die Liebe eines Paares, das gemeinsam alt wird und sich, auch wenn es zwischendurch stürmische Zeiten durchlebt, noch wie am ersten Tag liebt. Vergeblich versuchte Jacques zu verbergen, wie gerührt er war. Da Stéphanie ihn jedoch nicht wie einen Schlosshund heulen sehen wollte, erklärte sie schnell: «Genau an dem Tag, als ich diese Single gefunden habe, kam jemand bei uns in die Versicherung marschiert, und du wirst nicht glauben, wer es war: Michel Sardou höchstpersönlich. Er war da, um seine Stimmbänder versichern zu lassen. Da habe ich nicht lange gezögert und ihn um ein Autogramm gebeten. Erst hat er versucht, mich abzuwimmeln, aber als ich ihm gesagt habe, dass wir aus der Normandie kommen, hat er sofort unterschrieben.»

«Aber das hier ist nicht die Normandie, wir sind Bretonen und stolz darauf», entgegnete Jacques. «Autogramm hin oder her, den Stolz lasse ich mir nicht nehmen. Die aus der Normandie haben schon den Mont-Saint-Michel. Da kriegen sie nicht auch noch die Le Guennecs!»

«Ja, aber mir fiel auf die Schnelle nichts anderes ein», entschuldigte sich Stéphanie und fügte dann lachend hinzu. «Michel hat einen sehr starken Charakter, ein bisschen wie du.»

Nun wandten sich alle Jeanne zu. Bisher war sie nie nervöser gewesen als bei ihrer Führerscheinprüfung, doch die war nichts im Vergleich zu diesem Moment, in dem sie Jacques ihr Geschenk überreichen sollte. «Es ist nur ein kleiner Gag, aber egal, hier bitte», sagte sie und reichte ihm ein Kuvert. Darin waren zwei Karten. Für das Fußballspiel Rennes – Marseille.

«Lustig, aber mit so etwas in der Richtung hatte ich fast gerechnet. Ich habe mir deshalb erlaubt, dir noch etwas zu besorgen, das dir bei dem Spiel sehr nützlich sein wird.»

«Eine Regenjacke?», mutmaßte Nicolas.

«Fast! Aber wenn ich dich an eins erinnern darf, mein Sohn, nur die Doofen lassen sich in der Bretagne nass regnen. Nun mach schon auf, Jeanne. Deine beiden Schwägerinnen haben so etwas schon.»

Jeanne packte ein rot-schwarzes Shirt aus – ein Trikot von «Stade Rennes». «Danke, Jacques, das wäre aber nicht nötig gewesen, jetzt habe ich die perfekte Entschuldigung, um auch dir mein zweites Geschenk zu geben, das noch zu den Karten gehört», sagte Jeanne und schob ihm ein Päckchen hin, das dem sehr ähnelte, das sie gerade bekommen hatte.

Amüsiert hielt Jacques ein zweites Fußballtrikot hoch, allerdings in Blau-Weiß – den Farben von Marseille. Auf dem Rücken stand: *Unser Jacques: Kennt keine Niederlagen.* Er zog das Trikot über und fragte dann verschmitzt: «Und, was glaubst du, Jeanne? Wird dein Sohn ein Rennes- oder ein Marseillefan?»

Epilog

Den Handwerkern war gelungen, womit niemand gerechnet hätte: Pünktlich zum ersten Tag der Sommerferien war Martines und Jacques' neues Haus tatsächlich fertig. Nach fast einjähriger Bauzeit. Jacques' letztes Projekt vor seinem endgültigen Ruhestand.

Es war größer als das alte, der einzigartige bretonische Stil war aber erhalten worden: wunderschöne Steine, leuchtend weiße Fensterrahmen, ein kleiner Kiesweg, der von frisch gepflanzten Obstbäumen gesäumt war, und um zum Eingang zu gelangen, ging man durch eine Pergola, an der violette Glyzinien rankten, deren Duft die Gäste empfing – in seiner Gesamtheit ein stattliches Anwesen.

Martine und Jacques standen auf den Stufen vor dem Eingang und wagten nicht einzutreten. Natürlich hatten sie den Baufortschritt verfolgt, doch nun, da alles fertig war, fühlten sie sich plötzlich ganz ehrfürchtig. Sogar Jacques, der selbst nicht bei jeder Phase dabei gewesen war, denn die Bauleitung hatte sein Nachfolger übernommen: Elektrik, Wasseranschlüsse, die Dämmung, alles nach den neuesten Sicherheitsstandards. Auch Stéphanie war regelmäßig mit Ratschlägen zur Stelle gewesen.

Martine hatte aufgezeichnet, wie sie sich die offene Küche und den Esstisch vorstellte – so groß wie möglich! Ausgezogen sollten zwanzig Leute daran Platz haben. Auch um ihren Wintergarten hatte sie sich gekümmert, um bei jedem Wetter malen zu können. Die Doppelverglasung und der Kamin waren von vornherein beschlossene Sache.

Alexandre hatte sich für besonders edle Türgriffe und Schalter eingesetzt. «Auf die Feinheiten kommt's an», hatte er seinem Vater gegenüber immer wieder betont, als noch nicht einmal Mauern und Dach fertig gewesen waren.

Die anderen waren weniger anspruchsvoll. Obwohl ...

Laura hatte sich ein luxuriöses, beheizbares Hundehaus für Jack gewünscht (und sehr groß, vier mal drei Meter, sollte es auch sein). Nicolas wollte Duschen, Matthieu aber eine Wanne. Jeanne einen geräumigen Weinkeller. Und Antoinette ein eigenes Zimmer mit eigenem Bad im Erdgeschoss.

Was Jules und Paul sich wünschten, war ebenfalls klar. Sie hatten sich sehr deutlich ausgedrückt: ein Zimmer «mit Läden, die man besser zumachen kann als vorher», einen «soooo großen» Dachboden mit «Piratenschatz», neue Lego-Steine in ganz bestimmten Farben, eine Schaukel für Bertille und den gleichen Pool wie in den letzten großen Ferien «mit dem aufblasbaren Krokodil drin». Und außerdem mehr Erdbeeren und Himbeeren, weil «Jules immer alles isst und dann nichts mehr für die anderen übrig bleibt».

Als Martine und Jacques ihr neues Zuhause schließlich betraten, waren sie gerührt. Und sehr stolz auf das Ergebnis. Die Garderobe hatte namentlich gekennzeichnete Haken für jedes Familienmitglied, an einer Wand hingen vergrößert Alexandres Strandfotos, auf denen von hinten die Enkel zu sehen, aber nur für den Kenner zu identifizieren waren. Im nächsten Raum befand sich eine dunkle Bibliothek mit dicken Regalbrettern, auf denen meterweise Bücher Platz fanden. Auch eine hübsche Schüssel aus bretonischem Steingut stand darin. Das eigentlich Besondere daran war allerdings der Inhalt: die frisch polierten Serviettenringe mit den eingravierten Namen. Der große Kamin strahlte eine behagliche Wärme aus. Die riesigen Betten mit den warmen Decken luden förmlich zum Ausschlafen ein, gern auch mal länger als bis neun Uhr. Ja, sie hatten gut gearbeitet, und Martine war sich sicher, dass sie sich in diesem Haus wohlfühlen würde – auch als Rentnerin, die sie ab jetzt war. Sie hatte bereits alles an Daniel übergeben, der seine Kollegin nur ungern ziehen ließ, aber sie hatte versprochen, regelmäßig zum Mittagessen vorbeizukommen. Hätte sich Jacques ein bisschen besser informiert, hätte er längst gewusst, dass sich der nette Buchhändler eigentlich für Männer interessierte und Martine für ihn nur eine gute Freundin war.

Das neue Haus war ideal, um Zeit zu zweit zu verbringen, aber gleichzeitig dafür ausgelegt, während der Ferien problemlos die ganze Familie zu beherbergen.

Als die Kinder und Enkelkinder eintrafen, wusste Martine sofort, was diesem Haus noch gefehlt hatte, um ihm eine Seele zu geben: vertraute Stimmen, Kinderlachen, das die Wände aufnehmen und später an Martine und Jacques wieder abgeben würden.

«Das ist ja großartig, Jacques!», rief Jeanne, die sich darüber begeisterte, wie hell es in dem Haus war. «So viel Weiß und so viel Platz. Das ist gigantisch! So viel besser als vorher, wenn ich mir die Bemerkung erlauben darf.»

Sie ließ sich mit ihrem dicken Babybauch auf das Sofa vor dem Kamin fallen, um ein wenig zu verschnaufen, während die anderen ungeduldig jedes Zimmer einschließlich der Schlafräume in der oberen Etage inspizierten.

«Ah, das hier muss das Zimmer von Jeanne und Nicolas sein. Da steht nämlich schon der Korbwagen», stellte Laura fest. «Und hast du gesehen, wie groß unser Raum ist, Alexandre? Darin ist mehr Platz als zu Hause in unserem Wohnzimmer!»

Auch Antoinette war gekommen und ließ ihrer Freude angesichts ihres ebenerdigen Reiches freien Lauf. «Ich habe ja sogar einen eigenen Wasserkocher. Das ist aber lieb, Martine. Perfekt für meinen Tee um vier Uhr morgens. Dann störe ich nicht alle. Und eine Dusche mit einem Griff zum Festhalten. Das ist ja besser als bei mir. Du bist wirklich eine wunderbare Schwiegertochter. Pass auf, eines Tages werde ich noch bei euch einziehen wollen ... ha, war nur Spaß! Ich würde meinen Sohn niemals tagtäglich aushalten», sagte sie und lachte laut.

Während die anderen noch inspizierten und sich einrichteten, nahm Jacques Martines Hand. «Komm, ich habe eine Überraschung für dich. Hier lang.» Entschlossen zog er sie hinaus.

Erstaunt folgte Martine ihm in den Garten. Auf dem Weg warf Jacques Jack einen Butterkeks hin, während dieser noch damit beschäftigt war, seine neue Luxus-Hundehütte zu beschnuppern.

«Setz dich und schließ die Augen», wies Jacques Martine geheimnisvoll an, als sie bei den Liegestühlen angekommen waren. Sie tat, was er gesagt hatte, und hörte, wie Jacques in der Ferne schimpfte: «Jetzt ziert euch doch nicht so!»

Einen Moment später merkte Martine, wie sich ihr Mann neben ihr niederließ. «So, jetzt kannst du gucken», sagte er.

Langsam schlug sie die Augen auf und hielt nach der Überraschung Ausschau. Im ersten Moment sah sie nichts, doch dann drang ein verdächtiges Gackern an ihre Ohren, und vor ihr spazierten, wie alte Freundinnen, drei kleine Hühner über die Wiese, die immer wieder den Kopf senkten, um im Gras etwas aufzupicken. Eins, weiß und gut genährt, schien ständig auf der Hut zu sein. Sobald es hinter den anderen zurückfiel, fing es an zu laufen. Das zweite war braun und im Vergleich viel schlanker. Und das letzte, ein kleines rötliches, wirkte besonders temperamentvoll und mitteilsam.

«Natürlich sind sie nicht nur hübsch und drollig, sondern auch fleißig. Guck mal, heute Morgen haben sie schon Eier gelegt! Extra für dich, damit du dir dein ‹English breakfast› zubereiten kannst. Aber vor allem habe ich mir gedacht, dass sie wunderbare Modelle für deine Malerei abgeben werden.»

«*Mon dieu*, sind die süß. Ich bin hin und weg», schwärmte Martine. «Ich habe meine eigenen kleinen Hühner. Danke, Jacques! Davon habe ich immer geträumt: Hühner wie bei meiner Großmutter. Ich bin so glücklich! Sieh sie dir an, ich glaube, es gefällt ihnen bei uns, in unserer großen Familie. Aber warte mal ... fällt dir nichts auf, Jacques?»

«Was denn?»

«Erinnern sie dich nicht an jemanden? Sieh doch mal genau hin. Da ist das weiße, das sich den anderen gegenüber ein bisschen wie die Mama aufspielt, das kleine rote ist ziemlich forsch, und dann ist da noch das elegante braune, das leicht angewidert auf diesen Regenwurm starrt. Hast du das absichtlich gemacht, Jacques?»

Jacques sah Martine schelmisch an und lächelte. «Ich weiß überhaupt nicht, wovon du sprichst», behauptete er und lachte laut. «Woran du wieder denkst.

Jetzt reicht's aber, *Chérie*. Wenn deine Schwiegertöchter wüssten, dass du sie mit Hühnern vergleichst … Das ist wirklich grenzwertig!»

Und zum Schluss …

Die Geschichte der Le Guennecs endet hier, aber wahrscheinlich ist doch, dass viele von uns die nächsten Ferien mit der Familie, Freunden oder vielleicht sogar mit der «Schwiegerfamilie» verbringen werden. Einige mögen das Zusammenleben mit anderen als leicht empfinden und sich darüber freuen, ihre Lieben um sich zu haben, die sie zu ihrem großen Bedauern nicht so oft sehen, wie sie es sich wünschen. Gemeinsam werden liebevoll zubereitete Mahlzeiten und entspannte fröhliche Momente genossen, während die Ferien viel zu schnell vergehen.

Andere verbringen nicht so gern Zeit mit der großen Verwandtschaft. Unter Umständen kann sie spannungsgeladen und am Ende alles andere als erholsam sein – das Gegenteil von allem, was man sich wünscht, wenn man in den Urlaub fährt!

In «Die Schwiegertöchter des Monsieur Le Guennec» habe ich versucht, genau das im Kleinen nachzubilden. Mir lag es am Herzen, eine Geschichte darüber zu schreiben, wie es ist, in eine neue Familie zu kommen, in der es einem alles andere als leicht gemacht wird, seinen Platz zu finden. Auch wenn ich einen eher humoristischen Erzählton gewählt habe, weiß ich doch nur zu genau, wie schwer es ist, sich selbst so anzunehmen, wie man ist, um so auch von den anderen angenommen zu werden.

Nun könnte man natürlich auf die Idee kommen, ich hätte derart Schreckliches mit meiner eigenen Schwiegerfamilie erlebt, die ich an dieser Stelle herzlich grüße (sie liest diese Zeilen zur gleichen Zeit wie Sie, und alle waren ein wenig beunruhigt, seit sie den Titel des Buches erfahren haben). Dabei kann ich mich nicht beklagen! Ich gehöre zu den Glücklichen, die sich die Geschichten von grausamen Schwiegermüttern anhören und dabei denken, dass sie es wirklich gut getroffen haben. Natürlich wurde auch ich das ein oder andere Mal ein wenig ausgefragt, das bleibt nicht aus, aber niemals mit bösen Absichten. Im Gegenteil ...

Der Schriftsteller und Wissenschaftler Erik Orsenna hat erst kürzlich erzählt, sein Vater habe immer gemeint, einen Schriftsteller in der Familie zu haben, sei ein Fluch. Anscheinend war er jedes Mal nervös, wenn ein neuer Roman seines Sohnes erschien. «Komme ich in deinem neuen Buch *wieder* vor?» Man kann also wirklich paranoid werden!

Ich widme dieses Buch jedenfalls meinen couragierten Schwiegereltern, die zu ihrem unglaublichen Glück gleich vier bezaubernde Schwiegertöchter haben, darunter zwei Schriftstellerinnen, die ihre Erlebnisse bei

Familienzusammenkünften gern literarisch verarbeiten. Dennoch sei hier unbedingt angemerkt, dass die Handlung von «Die Schwiegertöchter des Monsieur Le Guennec» frei erfunden ist ... zu 99 %.

Außerdem widme ich dieses Buch meinen wunderbaren Schwägerinnen Cécile, Sophie und Charlotte. Gemeinsam sind wir stark! Ich kann es kaum erwarten, euch während der Ferien in der Bretagne wiederzusehen – mit der ganzen Sippe, die sich einmal mehr vergrößert ...

Dieser Roman ist während der Schwangerschaft mit meinem zweiten Sohn entstanden. Während ich diese Zeilen schreibe, warte ich nun ungeduldig (und mit sehr rundem Bauch) darauf, ihn endlich kennenzulernen. Wenn Sie dieses Buch zu Ende gelesen haben, wird also längst der kleine Gaspard über meine Nächte herrschen und mein dreieinhalbjähriger Jules über meine Tage – ein neues Abenteuer für mich, das mir schon jetzt reichlich Stoff für meinen neuen Roman gibt. Darin geht es ebenfalls um familiäre Beziehungen, der Fokus wird aber noch mehr auf eigenwilligen und natürlich frechen Charakteren liegen, eine Mischung aus großen Emotionen und viel Spaß. Mehr verrate ich im Moment noch nicht. Nächstes Jahr wird es so weit sein, wenn Sie mögen ...

Schließlich möchte ich mich noch bei *Ihnen* bedanken, liebe Leserinnen und Leser, die Sie meine zweite Familie sind und mich auf dem aufregenden Weg als Schriftstellerin begleiten. Der Erfolg meines zunächst selbstverlegten Buches wurde nicht zuletzt durch Ihre überschwänglichen Kommentare kräftig angekurbelt.

Ein großer Dank gilt auch den zahlreichen Bloggerinnen und Bloggern, die ihre Begeisterung im Internet geteilt haben, sowie den Buchhändlerinnen und Buchhändlern, die an den Zauber geglaubt haben, den ein erster Roman bisweilen entfachen kann – aus tiefstem Herzen: DANKE SCHÖN.

Inzwischen ist das Buch in Frankreich mehr als 200 000 Mal verkauft worden und erlebt in der Ausgabe von «Livre de Poche» gerade eine Renaissance, während es gleichzeitig mit Ausgaben in mehreren Sprachen seine Reise um die Welt antritt. Es vergeht kein Tag, an dem ich nicht das unglaubliche Glück habe, eine Nachricht von meinen Leserinnen und Lesern zu erhalten, in denen sie mir erzählen, dass sie mein Buch nicht aus der Hand legen konnten, bis sie es zu Ende gelesen hatten, oder in der Bahn schief angesehen wurden, weil sie in schallendes Gelächter ausgebrochen waren. Wenn ich höre, dass meine Geschichte von einem Nachttisch zum nächsten wandert und Frauen und Männer gleichermaßen unterhält, bin ich gerührt. Genauso freut es mich, dass sie von einer Generation zur nächsten weitergegeben wird. Ich danke Ihnen allen sehr, dass Sie mir die Kraft geben, die mich antreibt, mit unersättlicher Lust zu schreiben. Ich weiß Sie, liebe Leserinnen und Leser, immer an meiner Seite, auf dem leeren Stuhl neben mir im Café, den ich für Sie freihalte, bei jeder Zeile, die ich «zu Papier bringe». Schreiben ist eine einsame und manchmal schwierige Angelegenheit, aber es hilft mir immens, Sie bei mir zu wissen.

Tausend DANK dafür und bis sehr bald, wenn wir uns das nächste Mal in einem Buch «begegnen». Passen Sie bis dahin gut auf sich auf!

Ich möchte auch meinen Verleger Michel Lafont und seine Leute bei Florian Lafani bedenken. Danke, dass ihr an mich geglaubt und mich durch dieses fabelhafte Abenteuer begleitet hat.

Meine Hoffnungen ruhen auf meinen beiden Söhnen, dass ich sie so lange wie möglich aufwachsen sehen kann, eines Tages bezaubernde Schwiegertöchter kennenlerne und das Ganze mit zukünftigen kleinen Bretonen komplettiert wird.

Zu guter Letzt möchte ich die Person hervorheben, die seit fast zwölf Jahren tatkräftig an meiner Seite ist und mich in meinem verrückten Schriftstellerinnendasein unterstützt. Olivier ...

Eine gute Freundin hat mich auf ein Lied aufmerksam gemacht, in dem es heißt, in einem erfolgreichen Leben müsse man einen Baum pflanzen, einen Sohn haben und ein Buch schreiben ... Olivier, wir sollten an unseren Baum denken.

Mit herzlichen Grüßen
Aurélie Valognes

Lena Wolf
Sommer mit Aussicht

Endlich sitzt Luisa im Auto Richtung Frankreich. Nur dass sich Stefan hinters Steuer geklemmt hat, dämpft die Urlaubsfreude. Denn er ist Luisas Exmann. Auch dass ihre Mutter mit im Wagen sitzt, macht die Sache nicht einfacher. Elisabeth ahnt nämlich nichts von der Scheidung. Sie will ihrer Adoptivtochter Luisa nur beistehen, wenn diese das erste Mal ihre leibliche Mutter trifft. Nicht dass die andere ihr den Rang abläuft mit ihrer Pension in der Provence! Entsprechend angespannt ist die Stimmung im Auto. Erst recht als der Wagen liegenbleibt. Zum Glück bietet sich bald eine Mitfahrgelegenheit: ein attraktiver Franzose, der ziemlich ungehemmt mit Luisa flirtet. Doch damit fangen Luisas Probleme erst richtig an …

400 Seiten

Ro 587/1

FSC
www.fsc.org
MIX
Papier aus verantwortungsvollen Quellen
FSC® C083411

Das für dieses Buch verwendete Papier ist FSC®-zertifiziert.